通识简说·国学系列

草根文学的 "逆袭"

简说明清小说

顾问／温儒敏　　主编／郑以然

勾彦旻／著

SPM 南方出版传媒

全国优秀出版社　　全国百佳图书出版单位　　广东教育出版社

·广州·

图书在版编目（CIP）数据

草根文学的"逆袭"：简说明清小说／勾彦殳著；郑以然
主编. —广州：广东教育出版社，2018.6（2020.11重印）
（通识简说. 国学系列）
ISBN 978-7-5548-1701-8

Ⅰ. ①草… Ⅱ. ①勾…②郑… Ⅲ. ①古典小说—鉴赏—中
国—明清时代—青少年读物 Ⅳ.①I207.41-49

中国版本图书馆CIP数据核字（2017）第080126号

策　　划：温沁园
责任编辑：邱　方　李南男
责任技编：佟长缨　刘莉敏
版式设计：陈宇丹
封面设计：学建伟　陈宇丹　邓君豪
插　　图：焦　洁

草根文学的"逆袭"　简说明清小说
CAOGEN WENXUE DE "NIXI"
JIANSHUO MINGQING XIAOSHUO

广东教育出版社出版发行
（广州市环市东路472号12-15楼）
邮政编码：510075
网址：http://www.gjs.cn
北京一鑫印务有限责任公司印刷
（北京市顺义区北务镇政府西200米）
890毫米×1240米　32开本　7.75印张　155 000字
2018年6月第1版　2020年11月第2次印刷
ISBN 978-7-5548-1701-8
定价：34.50元

质量监督电话:020-87613102　邮箱：gjs-quality@gdpg.com.cn
购书咨询电话：020-87615809

总　序

　　互联网的出现，尤其是智能手机的使用，让现代人获取知识的方式有了翻天覆地的改变。在我当学生的时候，是真的每天在"读"书，通过大量的阅读，获取第一手的资料，不断思考探究，构建自己的知识体系。而今天呢？一个孩子获取知识，首先想到的是动动手指，问问网络。

　　学习的方式便捷了，确有好处，但削弱了探寻、发现和积累的过程，学得快，忘得也快。有研究表明，过于依赖互联网会造成人的思维碎片化，大脑结构也会发生微妙的变化，表现为注意力不集中、记忆力减退等。看来我们除了通过网络来学习知识，还得适当阅读纸质书，用最传统的、最"笨"的方法来学习。这也是我一直主张多读书，特别是纸质书的缘故。我们读书必然伴随思考，进而获取知识，这个过程就是在"养性和练脑"，这种经过耕耘收获成果的享受，不是立竿见影的网上获取所能取代的。另外，我也主张别那么功利地读书，而是要读一些自己真正喜欢的书，也就是闲书、杂书，让我们的视野开阔，思维活跃。读书多了，脑子活了，眼界开了，更有助于考试取得好成绩。

有的小读者可能会说，我喜欢读书，但是学校作业很多啊，爸爸妈妈还给我报了很多课外班，我没有那么多时间读"闲书"呀！这个时候，找个"向导"，帮你对阅读书目做一些精选就非常必要了。比如你喜欢天文学，又不知道如何入门，应当先找些什么书来看？又比如你头脑中产生了一个问题——为什么唐代的诗人比别的朝代要多很多呢？这时候你需要先了解唐诗的概况，才能进一步探究下去。在日常的生活和学习过程中，诸如此类的小课题很多，如果有一种书，简单一点、好懂一点，能作为我们在知识海洋里遨游的向导，那就太好了。广东教育出版社出版的"通识简说"，就是一位好"向导"。

这套"通识简说"，特点就是简明扼要、生动有趣，一本薄薄的书就能打开一个学科殿堂的大门。这是一套介绍"通识"的书，也是可以顺藤摸瓜、引发不同领域探究兴趣的书。这套丛书覆盖文学、历史、社会和自然科学的方方面面，第一期先出十种，分为国学和科学两个系列。《回到远古和神仙们聊天——简说神话传说》《古人的作文有多精彩——简说古文名篇》《简说动物学——动物明星的生存奥秘》《简说天文学——"外星人"为何保持沉

草根文学的"逆袭"

默》……看到这些书名你就想读了吧？选择其中一本书，说不定就能引起你对这门学科的兴趣，起码也会帮你多接触某一领域的知识，很值得尝试哟。每本书有十多万字，读得快的话，几天就能读完，读起来一点都不累。图书配的漫画插图风趣幽默，又贴合主题，也很有味道。

希望"通识简说"接下来能再出10本、20本、50本，让更多的孩子都来读这套简明、新颖又有趣的书。

温儒敏

（作者系北京大学中文系教授，部编版语文教材总主编）

目录

开篇的话

作为世界四大文明古国之一，中国有着悠久的历史和灿烂的文明。在这五千年的漫长时光中，曾经涌现出数不清的文人墨客与英雄豪杰。正如诗人所说的"江山代有才人出，各领风骚数百年"，江山变易，风起云涌，每一个朝代都留下了自己独具特色的文学成就。

如果有人问道："明清时期有哪些文学成就呢？"我们肯定都能按照语文课本上说的，掰着指头数道："楚辞汉赋、唐诗宋词元曲、明清小说！"然后拖长声音答道："小——说——"不过，这样回答的时候，我们却往往不会想到这里面的一个小问题：唐朝人写诗，难道宋朝人就不写诗了吗？那"半亩方塘一鉴开，天光云影共徘徊"是谁写的呢？同样的，唐宋的人写诗词，难道明清的人就不写诗词了吗？那"我劝天公重抖擞，不拘一格降人才"又是谁写的呢？这样说来，说"明清的文学成就只是小说"，岂不是很片面吗？

当然了，人们完全可以反驳说："明清的人写诗的水平不够高，不如小说写得好，所以说起明清，大家当然会首先想到小说呀！"这个意见有没有道理呢？肯定是有的。可是，这样的话，问题又来了：为什么明清的人写诗写得不好呢？明朝有二百七十多年，清朝有二百九十多年，这么长的时间，难道连一个李白、一个苏轼都出现不了吗？

我们都知道，在隋唐以后的中国古代社会，读书人的目标是通过科举考试，这样才可以做官——往远的说，这样才能实现自己济世安民的理想；往近的说，这样才能封妻荫子、光宗耀祖，得到实际的好处。所以，读书人的正事历来都是读"四书"、"五经"和写策论文章，对于他们来说，学会写诗文是最重要的任务，至于小说，那是闲来无事的消遣，许多有志气、有抱负的儒生是不会去读、更不会去写的。换句话说，在儒家的文学观念中，只有诗文才是"正道"，是正统文学；而小说，反而是不登大雅之堂的。

这样说来，明清的诗文不如小说写得好就显得更不合常理了，毕竟，整个社会上最有知识的人都去写诗文了，这些人前前后后写了五百年，写出来的诗文数量比唐宋时期还要多得多，为什么却没有写出高质量的作品呢？

其实，诗文的衰颓从明朝以前就开始了。我们都知道，明朝之前是元朝，而元朝是一个蒙古族统治的朝代。蒙古族与汉族的生活习惯是完全不同的，汉族是一个农耕民族，人们会在一块土地上定居下来，然后盖房子、开垦荒地、积蓄财富，并且一代又一代地繁衍和传承下去。这种相对安定的生活方式比较有利于形成精细的、发达的文化。而蒙古族是一个游牧民族，由于需要经常与猎物生死搏斗，这个民族形成了尚武、好战的性格，在政治制度上也更倾向于暴力压制。

元朝建立以后，统治者还是沿用了之前的统治方式，重

草根文学的「逆袭」

2

武轻文，朝廷对文官的需求量大大降低；除此之外，在选拔官吏时，也更倾向于任人唯亲，朝廷中的重要职位几乎都被皇亲国戚占据了。由于朝廷不再需要引进新的人才，自然也就不再需要科举考试。在元朝，科举考试曾经中断了七十多年，大批的儒生失去了进身之阶，甚至出现了"十儒九丐"的现象。这直接导致了诗文的衰落。

可是，明朝不是又恢复了科举考试制度吗？为什么诗文还是不行呢？这恐怕还要从明太祖朱元璋对文化采取的专制政策说起。朱元璋是一位非常独裁的帝王，他不仅设立了锦衣卫，对群臣和百姓进行严密的监视，而且大兴文字狱，对文人的言论进行严厉的控制。洪武年间曾经规定，"寰中士夫不为君用"，即可"诛而籍其家"，也就是说，如果有一位了不起的大儒住在山林里，皇帝想叫他出来做官，他不肯来，也是要被杀头的。这下子，人们不仅没有做官的自由，连不做官的自由都没有了。诗人高启就是因为辞官惹怒了皇帝，最后被腰斩了。更有甚者，因为朱元璋自幼为僧，而且参加过被称作"贼"的红巾军，文人在文章中用了与"僧""贼""发"等同音或有关的字，都会被认为是有意讽刺皇帝而获罪。到了清朝，这样的文字狱不但没有减少，反而愈演愈烈了。据统计，康熙在位期间，清朝发生了文字狱20多起，雍正期间也是20多起，乾隆期间多达130多起。其株连之广、影响之大，都是非常可怕的。

我们可以想象一下，在这样的高压环境中，还有什么样的人敢写诗、能写出好诗来呢？这几乎是一个不可能实现的任务了。

诗文走下坡路了,为什么小说反而能发展起来呢?我们之前已经讲到,以儒家的眼光来看,以诗文为代表的雅文学才是正宗,像小说、戏曲这样的俗文学被视为鄙野之言,甚至是淫邪之辞。那么,什么样的人会去看小说呢?

这个问题的答案很有趣:没有人会去"看"小说。这听起来太不可思议了,怎么会这样呢?其实很简单,因为大家都是去"听"小说的。早在魏晋的时候,就已经出现了读书人用文言文写的志怪故事和奇闻逸事,唐朝出现了篇幅更长的传奇故事,但是,这些还不能被称为"小说",因为这些故事的情节还不够完整,人物性格也不够鲜明。我们现在所说的这种"小说"是在宋代出现的,它是一种在下层社会特别是市民阶层里流行起来的文学体裁。

我们都或多或少地听过评书,或者看过电视里戏曲频道的苏州评弹,其实,宋代小说的表演形式与评书很接近。在北宋的东京(今开封)和南宋的临安(今杭州)等大城市里,有数十座"瓦舍",大致相当于现在的游艺场,"瓦舍"之中又有"勾栏",大致相当于现在的戏院。人们会坐在"勾栏""瓦舍"之中,一边喝茶吃点心,一边听说书人讲故事。这个说书人是没有故事底本的,只有一个简略的情节梗概,他会根据听众的反应即兴发挥,决定哪里展开细讲,哪里一带而过。有的时候,说书人还会带着琵琶、快板之类的乐器,在讲到紧要之处的时候弹唱一段,给听众提提精神。我们现在在《三国演义》《西游记》等小说里看到的、大量与情节不怎么相关的诗词，其实就是这种弹唱留下的痕迹。

好了，现在我们可以把刚才的问题改一改，然后继续发问："什么样的人会去听说书呢？"这个问题可以用一个数学的方法——排除法来解决。古代的中国社会有四大阶层：士、农、工、商。农民和工匠是不会去听说书的，他们一年到头辛苦劳作也只能满足温饱，没有打赏说书人的闲钱。读书人和达官贵人也不会去，这对于他们来说是一件"有辱斯文"或者"有失身份"的事情。只有商人肯捧场，他们才是既有钱又有闲，而且还有爱好的人。事实上，小说的兴起就是伴随着商品经济的发达和市民阶层的兴起产生的。

宋代的说书艺术大致分成四类：说经、讲史、小说、合生。其中，"说经"讲的是宗教故事；"讲史"讲的是历史故事；"小说"的题材比较广泛，涉及爱情、志怪、灵异、公案等方面；而"合生"则是一种更为综合性的表演方式，其中还包含着唱、舞、表演之类的因素。由于相隔的年代比较久远，宋代的话本几乎都已经失传了，现在我们只能通过考古发掘和文献资料的记载找到一些话本的片段，从中猜想宋代说书艺术的面貌了。

到了明清时期，手工业和城市商业进一步繁荣起来，市民阶层变得更有钱了，俗文学获得了更加广泛的受众，从而激励了一大批优秀的作者开始从事小说创作。不仅是小说，戏曲也获得了长足的发展，出现了《桃花扇》《牡丹亭》这样的优秀作品。这一时期，俗文学开始走进文人的视野，他们发现，小说中也有非常优秀的作品，其文采之高超、想象之瑰丽、情节之曲折、人物之丰富，已经远远超出了诗文的成就。而且，作为一种文学体裁，小说具有诗文所没有的优点，它的篇幅比诗文要长得多，能表达的内容也就比诗文要丰富得多。文人们，特别是下层文人，开始对小说产生兴趣，许多文人在科举考试屡次失利之后，投身到小说创作之中，他们的加入使小说的水平发生了质的飞跃。

就像诗歌可以分成边塞诗、田园诗、山水诗等一样，明清小说也可以分成许多不同的类别。从明朝到清朝，小说经历了一个从粗陋到精细、从稚嫩到成熟的发展过程。那么，明清小说都取得了哪些成就呢？

明代的小说可以分成四类：历史演义、英雄传奇、神魔小说、世情小说。

历史演义是最早流行起来的，这是为什么呢？因为历史演义的素材是现成的，所以也是最好写的。中国民间历来有说"野史"的传统，历代的帝王将相们留下了数不清的奇闻逸事和爱情故事，比如：为了美女烽火戏诸侯的昏君周幽王，斩白蛇起义的汉高祖刘邦，能在百万军中取敌人首级的大将军张飞……这些传说故事都可以成为小说创作的素材。除此之外，大量的官方正史变成了小说家的参考书，在民间传说模糊不清或者相互矛盾的时候，作者也总是可以在正史中找到参照。宋代的"讲史"话本已经十分发达了，在这个基础上，经过上百年的积累，明代的文人进行整理加工，就创作出了《三国演义》这样的经典作品。到了清朝，还出现了模仿《三国演义》的作品，比如《隋唐演义》《东周列国志》等。

但是，历史演义适合在"勾栏""瓦舍"里听，却不一定适合在书房里细细地读。"听"故事的时候，人的注意力是比较分散的，说书人要用粗线条、快节奏的情节来吸引听众；但"读"故事的时候，人们就有更多的余裕时间来慢慢赏玩故事的细节了。这时候，人物单薄、叙述粗略的历史演义就不能满足读者的胃口了。这可怎么办呢？聪明的作者很快就想出了法子：既然跨度动辄几百年的历史演义太过于粗略，我们不如截出一段更短的时间，把其中的每一个人物都细细讲述一番吧！这样的想法刺激了英雄传奇的兴盛，于是，《水浒传》就出现了。这时候，描写人物性格的技法有了很大的进步，一百单八将同中有异、异中见同，是明清小说走向成熟的重要一步。与《三国演义》类似，模仿《水浒传》的作品也很多，其中最著名的有《杨家府演义》《英烈传》《说岳全传》等。

英雄传奇变得普及起来之后，读者们又开始感到厌倦了。毕竟，无论历史演义还是英雄传奇，无非都是把历史故事添枝加叶，区别只不过是一个从正史中取材，另一个却更多地从野史中取材而已。等到历朝历代的故事都被翻来覆去地讲了好几百遍之后，接下来又该讲什么呢？于是，到了明代后期，又兴起了神魔小说的潮流，作者们的视野不再囿于历史的小框框中，而是依靠虚构和想象进行"凭空"创造。这些神魔小说吸收了古代神话、六朝志怪、唐传奇的养料，又从道教神话、民间传说、佛教故事中找到了丰富的素材。这一类的作品包括《西游记》《封神演义》等等。

经过了历史演义、英雄传奇、神魔小说的探索，小说家们积累了足够的创作经验。他们对情节结构该怎么组织、人物形象该怎么塑造、写实与想象的关系该怎么处理、语言风格该怎么把握这一系列的问题，通通都心里有数了。他们不再满足于从已有的历史故事和宗教故事中取材，而是把目光投向了真实生活之中，开始试着记录市民社会里的喜怒哀乐和悲欢离合，并把普通人当作故事的主角。这样，小说创作就找到了它最丰富的题材库和最稳固的灵感来源，从而进入了成熟时期，出现了"极摹人情世态之歧，备写悲欢离合之致"的世情小说，如《金瓶梅》《醒世姻缘传》等。这些作品在思想的深度、结构的完整、人物性格的复杂等方面都有很大的进步。不过，可惜的是，此时小说中又出现了过于迎合读者低级趣味的倾向，有时夹杂着较多的不健康内容。

到了清朝，历史演义、英雄传奇、神魔小说依旧有大量的模仿者、跟风者，不过，也许是因为这三类题材的潜力已经挖掘殆尽，新出现的小说家们并没能写出超过前代的作品。不过，世情小说取得了长足的发展，又结出了两颗硕果——《红楼梦》和《儒林外史》。其中，《红楼梦》将世情小说在描摹人情世态和悲欢离合上的优点发挥到极致，比之明代的世情小说，这部作品在故事结构、人物塑造、语言风格等方面都已经趋向于成熟。由于它深入细致地描摹了清代的风俗人情，在思想层面也吸纳了儒、道、佛三家的精髓，因此，《红楼梦》不仅成为明清章回体小说的典范式作品，而且也成为凝结着我国古代文化精神的一部代表性作品。而《儒林外史》则将世情小说的讽刺艺术发展到了一个相当圆熟的水平，辛辣而犀利地揭露了社会的种种不公和丑恶现象。除了白话长篇小说之外，这一时期，文言短篇小说也走向了成熟，《聊斋志异》和《阅微草堂笔记》为魏晋六朝以来的志怪小说传统画上了一个圆满的句号。

　　晚清时期，小说的题材和创作方法变得更加多样化了，先后出现了才学小说、侠义公案小说、狭邪小说、谴责小说等潮流。这一时期，我国的封建社会已经彻底走向腐朽没落，对内，国家积贫积弱，社会矛盾重重；对外，则面临着列强入侵的危机，国家有覆亡的危险。"救亡图存"成了全国有识之士的共同希望，这一呼声也多多少少投射到了小说之中。总体而言，晚清小说从不同的角度揭示了社会的症结，表现出有识之士对国家命运的关怀之情，是具有较强的现实意识的。但是，随着内忧外患的出现，整个社会陷入了低迷，作者和读者群体的素质都有下降，所以，小说也或多或少地出现了艺术水平倒退、思想趣味下降的趋势。

　　新文化运动之后，西方的小说对中国文学产生了极大的冲击，作家们纷纷转而学习西方小说的创作方法，明清的章回体小说也随之没落，最终消失在了历史的长河之中。到了今天，我国的新文学之路经历了数十年的探索，现代的小说、散文、戏剧、诗歌等文学体裁也渐渐发展成熟，绽放出自己的光彩。

明清小说似乎成了留在故纸堆里的过去，已经离我们很远了。它是不是还有阅读的价值呢？我想，也许，恰恰是因为已经远离，所以才有寻回的乐趣。在明清小说中，既有我们今天依旧熟悉的思想观念和文化传统，也有独属于古代社会的风物人情。如果把读书比作一场场的旅行，那么，读明清小说就像在海滩上捡贝壳一样，我们可以因为捡到似曾相识的鹅卵石而会心一笑，也可以因为捡到来自远方的、光怪陆离的贝壳而惊叹不已。这会是一段难忘而有趣的经历，其中不仅有新鲜的知识，更有瑰丽神奇的风景和形形色色的奇闻逸事。那么，就让我们一起开始这段奇妙的旅程吧，愿你旅途愉快！

第一章

刘备就是好人，曹操就是坏人吗？

——《三国演义》

《三国演义》是我国最早的一部长篇章回体小说，也是历史演义体小说的开山之作。不过，罗贯中刚刚写出这本书的时候，它的名字还不叫《三国演义》，而是叫作《三国志通俗演义》。后来，到了清朝康熙年间，有一对著名的小说评点家父子毛纶、毛宗岗对原书做了大量的修改、增删，并把这本书更名为《三国志演义》。因为毛氏父子的版本比原书写得更加精当，情节也比较集中，所以，《三国志演义》成了后世最流行的版本。中华人民共和国成立后，小说名又简化为《三国演义》，从那以后，《三国演义》的名字才流行起来。

对于罗贯中这个人，今天我们掌握的资料很少，只知道他的名字似乎叫作罗本，字贯中，号湖海散人，大概生活在元末明初。相传，他与施耐庵的关系很是密切，甚至还有学者认为罗贯中才是《水浒传》的真正作者，至少参与过《水浒传》的编纂和修订。不过，不管怎么说，罗贯中都可以算得上是章回体小说的鼻祖级人物，仅凭《三国演义》这一部书，他就可以成为我国古代小说史上的一座高峰了。

那么，这部了不起的《三国演义》讲的是一个什么故事呢？

简单地说，它讲了一个乱世之中群雄争锋的故事。毛泽东在《沁园春·雪》中写道："秦皇汉武，略输文采。

唐宗宋祖，稍逊风骚。"秦、汉、唐、宋，就是我国古代最强盛的几个朝代，那时候，国家统一，经济繁荣，文化发达，军事强大，对外可以抵御侵略，对内可以上令下从，所以老百姓的日子也就比较好过。

那么三国是在什么时候呢？三国处在秦汉和隋唐之间，是夹在两个强盛朝代之间的一段国家分裂、军阀割据混战的时期。这也就是所谓的"乱世"。那时候，全国各地烽烟四起，饿殍遍野，民不聊生，用曹操的话说就是"白骨露于野，千里无鸡鸣"。

可是，谁不想过太太平平的好日子呢？老百姓固然希望出现一个贤明仁德的君主结束战争恢复治世，那些手里攥着军队大权的大军阀们也都想一统四海登上皇位，成为青史留名的那个人。

渐渐地，出现了实力最强的三个集团，也就是曹操的魏国、孙权的吴国、刘备的蜀国，这三个集团互不相让，都想干掉另外两个，自己来当这个历史的"终结者"。他们为了实现目标各显身手，或凭借智计叱咤风云，或依靠武力威慑四方，或通过仁德征服天下，这就是"三国"的故事。

"三国"是一段大历史，这段大历史又是由许许多多的小故事组成的，比如青梅煮酒、三顾茅庐、草船借箭、过五关斩六将……几乎每一个三国的故事都牵涉两方势力的斗智斗勇，而斗智斗勇又肯定要有胜负之分，这样，谁赢谁输的问题就牢牢地牵住了读者的思绪。就像我们看球赛一样，每个人心里都有自己支持的球队，看到自己喜欢的队伍赢了就会手舞足蹈、欢呼雀跃，输了就会长吁短叹、沮丧不已。

如果按照这个道理，在三国故事里，魏、蜀、吴这三支队伍也应该各有各的支持者，毕竟，诸葛亮固然智谋过人，可是曹操不也雄才大略吗？就连"赔了夫人又折兵"的周瑜都是"谈笑间，樯橹灰飞烟灭"的美男子，还有"儒将"的美名。

如果三国人物能来到我们今天这个时代，怕是每一个都能号召起数量庞大的粉丝团，各施所长、争奇斗艳。但是，有趣的是，在看书的时候，几乎所有的读者都被刘备的"大蜀明星工作室"收买了，大家往往都是看到刘备赢了就唱歌，看到曹操赢了就骂娘。而且，不仅我们是这样，就连古人都如此，苏轼就曾经提到，"涂巷中小儿闻刘玄德败，颦蹙有出涕者；闻曹操败，即喜唱快"。

这是怎么回事呢？难道刘备有迷魂术吗？

其实，这不能怪我们，而是要怪作者自己偏爱刘备。《三国演义》表面上看是三国争锋，其实，刘备领导的蜀集团才是主角，无论在故事的篇幅上还是在人物的出彩程度上都远胜另外两个集团。曹操大致是被当成奸诈的大反派来塑造的，而孙吴集团更像一个在中间打酱油的小配角。刘备有一次说："今与吾水火相敌者，曹操也。操以急，吾以宽；操以暴，吾以仁；操以谲，吾以忠：每与操相反，事乃可成耳。"

历史上的曹、刘二人真的是这样的吗？不一定。但是在《三国演义》里，作者的确是这样塑造人物的，有意无意地，曹、刘二人就一如阴影、一如光明，在书中形成了一种相互对峙、相互反衬的关系。

我们先来看曹操。曹操这个人招人骂，一个原因是他"挟天子以令诸侯"，是个篡汉的奸贼，还有一个原因就是他私德有亏了。《三国演义》在私德有亏这一条上努力下功夫，讲了好多小故事来表现曹操的奸诈、多疑和心狠手辣。这里面，最典型的一个恐怕就是"宁教我负天下人，休教天下人负我"。

这句话是怎么说出来的呢？

事情大概是这样的：曹操有一次触怒了董卓，董卓画了画像到处悬赏他的人头。曹操无奈，只能逃出洛阳，准备回故乡去。他走到半路，到了人困马乏的时候，忽然想起自家父亲有一位结义兄弟，叫作吕伯奢，就住在附近。于是，曹操跑到吕家去借宿，吕伯奢也很够意思，不仅高高兴兴地把他迎进门，还出门去买好酒准备招待他。

吕伯奢出了门，曹操自己在屋里坐着，这时候，他忽然听到堂下有磨刀的声音，还有人说"捆起来杀了他"云云。这下曹操紧张起来了，他心想："难道他们磨刀是准备杀了我，再提着我的人头去向董卓讨赏吗？"一不做二不休，他拔出剑来闯进里屋，一连杀了吕家八口人。等人都杀完了，才发现厨房里捆着一头猪，原来磨刀是为了杀猪给他添菜的。

曹操误杀好人，心中也觉得愧疚，便匆匆出了吕家继续赶路，没走多远，就在路上碰到了买酒回来的吕伯奢。伯奢十分惊讶，问道："你怎么这么快就走了？"曹操也不回答，走了两步忽然叫道："你背后是什么人？"趁着吕伯奢回头的时候，拔出剑来，将吕伯奢也砍死了。曹操的随从大吃一惊，问他道："刚刚那八口人都已经误杀了，现在怎么又杀掉了吕伯奢呢？"曹操便答道："吕伯奢回家看到全家死于非命，绝对不会善罢甘休的，不如斩草除根。宁教我负天下人，休教天下人负我。"

不得不说，罗贯中的笔力还是很强的，这么一个小故事里，奸雄该有的性格特点基本上都表现出来了：因为一点风吹草动就痛下毒手，为了自保，忘恩负义，可见这个人又多疑又狠毒，这是"奸"；但是能在一个照面之间就迅速决定杀死吕伯奢断绝后患，而且马上动手毫不犹豫，这份决断也是常人不及的，这就是"雄"了。有这么一个敌人实在是一件可怕的事，无怪乎董卓、刘备、孙权这些

草根文学的「逆袭」

6

人杰都把曹操视为心腹大患了。

如果说曹操是乱臣贼子的典型，那么刘备就是治世明主的典型了。他身上寄托着作者以仁政王道治国、创造清平盛世的希望，是一个"远得人心，近得民望"的仁君。刘备有两大优点，一个是爱民如子，一个是求贤若渴，这两个品质使他赢得了广泛的支持。

先看爱民如子。刘备第一次出场是在"刘关张桃园三结义"的时候，这个登台亮相就给人留下了一个"此人忧国忧民却壮志难酬"的印象。

桃园三结义的起因是什么呢？

是黄巾军起义扰得民不聊生，幽州太守张榜募军，刘备在榜下慨叹自己无力破贼安民，于是刘关张三人才决意要结为兄弟，要"解民之倒悬"，"上报国家，下安黎庶"。当然了，如果只有嘴上说得好听，那也不能算是英雄。而刘备可贵就可贵在，他不仅是抱着"民为邦本"的信念开始的，等到老百姓变成他的拖累的时候，他也没有轻易地抛弃他们。

刘备起兵以来，一直不顺，他先是参加讨伐黄巾军的起义，当个小官，结果惹下了祸事，被扫地出门。好不容易当上高唐令，又被黄巾军打败，只能去投奔公孙瓒。后来又投奔过曹操、袁绍、刘表，可是要么政治理念不合，要么被猜忌，没有一次能长久地立住脚。一直到赤壁之战以前，刘备都在颠沛流离，既没有根据地，也没有军队，手里最值钱的就是关、张两员大将，可是却不得不让他们当光杆儿司令，靠着个人勇武在敌阵里杀进杀出。可以说，这么一个一穷二白的刘玄德，对上曹操的精锐部队，那就是以卵击石，一不小心就要被生吞活剥，把一腔壮志都付诸东流。

刘备和曹操打仗，打不过曹操，只能逃跑，先从新野跑到樊城，又从樊城跑到襄阳。这一路撤退，形势危急，可是他不仅带着自己的部队，还带着无数来投奔他的当地老百姓。这些老百姓像滚雪球一样越来越多，大大拖慢了刘备行军的速度，也使他投鼠忌器，没法放开手脚与曹操决战。于是，刘备手下的众将领都劝说他把百姓们留下慢慢走，自己带着精锐部队先行一步，保命要紧。

如果换成曹操，这个意见肯定是大大的有理，反正"宁教我负天下人，休教天下人负我"嘛。但是刘备却没有那么做，他自始至终都表现出一副与百姓同生死共存亡的态度，也确实为此好几次身陷险境。不管是做秀还是出于真心，能做到这一步都非常不容易了。我们可以设想一下，如果换成我们自己生在那样的乱世之中，能跟随刘备这样一位主君，肯定比跟随董卓、袁绍、曹操之流都要有安全感得多。

再说求贤若渴。刘备爱才人人皆知，不用说别的，至

草根文学的「逆袭」

少"三顾茅庐"的故事是天下闻名的。《三国演义》里用了两章的篇幅来讲这段故事，既有悬念，又有点染，诸葛亮拿足了架子，刘关张三人的反应各自不同，活灵活现，算是全书中一个十分经典的桥段。

刘备听说了诸葛亮的大名之后去求教，第一次扑了个空，第二次只见到了诸葛亮的弟弟和岳父，第三次好不容易正主在了，可是却在睡觉。

怎么办呢？三个选项：A. 下次再来；B. 把诸葛亮叫醒；C. 等诸葛亮起床。刘备选C，他自己进门等，让关羽张飞在外面等。

等啊等啊，等得关张二人都不耐烦了，进来一看，嗬，孔明悠然高卧，刘备还可怜巴巴地在下面站着。这幅情景，简直不像是主公来寻访隐士，倒像是弟子在伺候先生了，也无怪乎张飞勃然大怒，要去门后放火，烧诸葛亮起床了。

不过好在辛苦没有白费，刘备这回找到的是高人，他蹉跎半生之后，终于在诸葛亮的建议下制定了"联吴抗曹"的战略，从此走上了三分天下的霸业之路。所以说，求贤求贤，要的就是一个态度，诸葛亮这般轻慢，刘备依旧恭恭敬敬没有半分不耐，那么以后一起共事的时候，诸葛亮也肯定不用担心自己的意见不受重视了。

三国之中，人才辈出，若论智谋、武勇、口才，刘备都不是最出色的，但是他却能够知人善任，把这些贤臣良将都团结在自己周围，让他们发挥出最大的才干，这正是他为君的成功之处。

当然，举凡小说，必定有艺术加工之处，不可能全部都是真人实事。尽管《三国演义》是根据《三国志》这些正史改编的，但是，其中仍然有不少增删、夸张、虚构的成分，还有许多故事替换了主人公，或是把三四个人的事迹合并到了一个人身上。

清代的章学诚曾经说《三国演义》是"七分事实，三分虚构"，这个估计基本上是准确的。所以，我们肯定不能简简单单地把《三国演义》里的刘备、曹操等同于历史上的刘备、曹操，事实上，鲁迅先生就批评过《三国演义》在塑造人物形象的时候过于极端，以至于到了"欲显刘备之长厚而似伪，状诸葛之多智而近妖"的地步。

这话是什么意思呢？我们一起来看看罗贯中自己是怎么写的，就会明白了。

（两县之民）即日号泣而行。扶老携幼，将男带女，滚滚渡河，两岸哭声不绝。玄德于船上望见，大恸曰："为吾一人而使百姓遭此大难，吾何生哉！"欲投江而死，左右急救止。闻者莫不痛哭。

这段故事发生在刘备带着百姓被曹操追得溃不成军的时候，若说刘备爱民如子，颇得民望，肯定是没什么问题的。但是，在生死的关键时刻，不想着怎么带领自己的军民逃出生天，反而哭闹着要寻死，这就太假了。

刘备能忍辱负重多年，最后隆中对策，逐鹿天下，可见是一个心性坚韧之人，这样的人怎么会分不清事情的轻重缓急，也担负不起自己的责任呢？所以我们也只能得出一个结论，那就是刘备根本没有真心寻死，这要么是刘玄德在做秀，要么就只能是作者在胡说八道了。

再比如诸葛亮的例子：

是夜，孔明扶病出帐，仰观天文，十分惊慌。入帐谓姜维曰："吾命在旦夕矣！"维曰："丞相何出此言？"孔明曰："吾见三台星中，客星倍明，主星幽隐，相辅列曜，其光昏暗。天象如此，吾命可知！"维曰："天象虽则如此，丞相何不用祈禳之法挽回之？"孔明曰："吾素谙祈禳之法，但未知天意若何。汝可引甲士四十九人，各执皂旗，穿皂衣，环绕帐外。我自于帐中祈禳北斗，若七日内主灯不灭，吾寿可增一纪；如灯灭，吾必死矣……"

这里的诸葛亮又会看星象，又会用巫咒的办法给自己续命，神神道道的，哪里还像个军事家呢？分明就是个跳大神的神汉呀！如果他果真有这么厉害，又何必绞尽脑汁与魏国斗来斗去呢？只要安坐在蜀国，做几个巫蛊娃娃扎曹操的小人，麻烦不就全解决了吗？

像这样的例子在《三国演义》里简直不胜枚举，刘备不是"大恸"，就是"哀泣"；诸葛亮不是"夜观星象"，就是"披发跣足"，有时显得过犹不及，这也可以说是作者的思虑不周之处了。

不过，话又说回来，《三国演义》有时候有刻意尊刘贬曹的痕迹，但作者有这样的倾向，却并不是偶然的。这本小说成书于明朝初期，当时，老百姓刚刚经历了元末的战火和动乱，受尽了剥削压迫、颠沛流离之苦，他们期望出现一个心怀百姓的明君重整乾坤，是自然而然的事情。刘备这个人物形象，不仅暗含着儒家"民贵君轻"的仁政思想，也寄托了老百姓对安居乐业和太平生活的盼望。聪明的说书人总是很善于投合读者的脾胃，试想，对读者来说，历史上的刘备、曹操、诸葛亮究竟是不是书里的样子，又有什么关系呢？大家爱看的只是爱民如子的主君、足智多谋的军师、能征善战的将领而已。至于这些人物形象是不是塑造得微有瑕疵，就更没人在乎了，那么较真还不如去研究史书呢，对不对？

值得深思的是，《三国演义》并没有给我们讲一个"好人打败坏人，世界得到拯救"的故事，被寄予厚望的刘蜀政权没能一统天下，完成大业，反而因为种种原因成了三国之中最早消亡的一个。

在故事的结尾，百年时光匆匆而过，英雄纷纷迟暮，王图霸业转眼成灰。卷首词里说："是非成败转头空……古今多少事，都付笑谈中。"

人的生命总是短暂的，而时空却是永恒的，《三国演义》留下了一个意味深长的句号。也许，它也在无声地提醒我们，要用更长远的眼光去看待一己的成败得失，用更豁达的态度去面对人生中的短暂挫折。

第二章

李世民真有那么英明吗？

——《隋唐演义》与
《东周列国志》

《三国演义》大获成功，受到了全国老百姓的热烈追捧，其他说书先生、小说家、书商们一看，纷纷恍然大悟：哎呀，讲历史我们也会呀，以前拿不准分寸，不知道怎么讲才能吸引人，现在明白了，赶紧的，学起来学起来！于是，你来一段儿隋唐，我来一段儿两宋，一时之间，涌现出了大量《三国演义》的模仿者。据不完全统计，现存明清两代的历史演义有一两百种之多，历朝历代的历史故事几乎都能找到相应的小说。

　　这时候的小说创作还没有脱离世代累积的模式，很多小说都不是小说家自己写的，而是先有几个说书人的底本，小说家将它们整理到一起，再进行加工、润色，最后就会形成一部成型的作品。宋元两代的说话艺术已经很发达了，"讲史"类的话本也极其繁多，因此，小说家们挑选话本的时候，余地也就比较大。同样讲隋唐，张三喜欢的是帝王后妃的爱情故事，李四喜欢的是英雄人物的战争故事，这样，他们两人整理出来的小说侧重点也就不同。但是，因为小说家选择的底本可能会重合，而且说书人之间也会相互模仿，所以，我们又可以在张三和李四的小说里找到许多重叠的部分。

　　说相同又不太相同，说不同又有类似的地方，这样的小说究竟该算作一部呢，还是该算作相互独立的两部呢？好像都可以，又好像都不太合适。事实上，许多世代累积型的小说都是以这样的方式存在的，它们往往可以构成一个类似故事的"系列"，比如列国志系列、两汉系列、隋唐演义系列、杨家将与岳家军系列、英烈传系列、平妖传系列、八仙系列、济公系列、白蛇系列、包公系列……当然，这种情况并不是只在历史演义体小说中才有，上述的各种故事系列中，就包括了英雄传奇、神魔小说、侠义公案等各种小说类型。

在历史演义类的小说中，两汉系列、隋唐系列和列国志系列算是阵容比较庞大、内容比较完善的几种。两汉系列中出现了一部集大成之作，就是《三国演义》，我们上一章讲的就是它。在这一章中，我们再来看看隋唐系列和列国志系列，它们没有碰到罗贯中那样老到的整理者，因而没能跻身于名著的行列，但是，隋唐故事与列国志故事却流传极广，一直到今天，我们还可以从各种评书和影视节目中见到它们的身影，它们也是明清小说中不可不提的一部分。

以隋唐历史为题材的演义体小说包括《隋唐两朝志传》《唐书志传通俗演义》《大唐秦王词话》《隋炀帝艳史》《隋史遗文》《隋唐演义》《说唐全传》等。我们可以把这些小说中的故事大致划分成三个系统：其一，秦王李世民带领各路英雄南征北讨，一统天下的全过程；其二，天下英雄"十八路反王，六十四路烟尘"的反隋起义，其中又包括秦琼、尉迟恭、程咬金、单雄信等人的出身来历与传奇经历；其三，宫廷中复杂的政治斗争与情感纠葛，比如隋炀帝穷奢极欲的生活、武则天的生平经历、唐明皇与杨贵妃的爱情等等。

清代褚人获的《隋唐演义》是该类小说中一部比较有代表性的作品。《隋唐演义》的特点是"杂"，它将《隋唐两朝志传》《隋炀帝艳史》《隋史遗文》等作品中的主要故事情节糅合在一起，在隋炀帝与朱贵儿、唐明皇与杨贵妃的"两世姻缘"的大框架下，间插了李世民的征战历程、瓦岗寨的英雄际会、武则天的宫闱秘史等，将历史演义、英雄传奇、才子佳人小说的笔法熔为一炉，比较全面地囊括了各类隋唐故事的精华。

不过，所谓"成也萧何，败也萧何"，正是因为《隋唐演义》的材料来源太丰富了，而作者又没能很好地把这些材料整合在一起，所以，小说中难免出现驳杂、散乱的问题。我们有时候会发现，《隋唐演义》讲隋炀帝与讲秦琼的时候，行文风格都不一样，这恐怕就是《隋炀帝艳史》与《隋史遗文》这些不同的"原材料"在小说中留下的痕迹了。

到了《隋唐演义》，"瓦岗寨英雄系列"已经发展得相当完整，勇猛剽悍的秦琼、粗中有细的尉迟恭、鲁莽憨直的程咬金、足智多谋的徐茂公、仗义疏财的单雄信……

这些人物在云谲波诡的政治军事斗争中脱颖而出，各施其能，演绎了无数脍炙人口的故事，比如秦琼卖马、程咬金劫皇纲、单雄信赴法场等等。实际上，瓦岗寨英雄的故事也正是《隋唐演义》中最精彩的部分，其中不少人物都刻画得活灵活现，性格突出，即使置身于《三国演义》《水浒传》那样纷繁浩大的人物画廊中，亦不逊色。稍后出现的《说唐全传》更是完全着眼于瓦岗寨聚义，将这一故事脉络发展到了巅峰程度。从《说唐全传》开始，隋唐故事便从历史演义彻底转向了英雄传奇，故事的类型和写法都发生了天翻地覆的变化。

瓦岗寨英雄的核心价值观是"义"。"义"讲的是朋友之间的感情，比如，朋友之间要肝胆相照、赤诚相待；朋友有难要慷慨解囊、两肋插刀；做人要重然诺、轻生死，还要路见不平、拔刀相助……秦琼与单雄信结交的故事就比较典型地体现出了"义"的伦理。

秦琼本来是山东历城县的一个都头，所谓都头，就是县衙里的公职人员。我们常常在电视剧里看到县太爷升堂断案的场景，上面一拍惊堂木，下面拿棍子的人就喊："威——武——"这些喊"威武"的人是衙役，都头就是他们的长官。衙役的职责跟现在的警察差不多，要负责维持治安、抓捕罪犯、看守仓库和监狱，在古代，他们还有一项重要的任务，就是要押解被流放的犯人去流放地。

有一次，秦琼领了一桩公务，要押解两个犯人到一个叫作"潞州"的地方。他带着犯人到了地界，路上也顺顺当当地没出什么岔子。不幸的是，等到秦琼见了刺史交割了人犯，找好了旅店，只等这边的衙门回复了批文，就可以大功告成回家复命的时候，来了一个晴天霹雳——刺史大人他有事出差去了，要一个月之后才回来。

这下秦琼傻眼了，怎么办？只好老老实实地在旅店里等着了。等啊等啊，路费就用光了。店小二长年开店，精乖得很，一看势头不对，立马变了一副脸色，荤菜也不给上了，马料也不给喂了，上房也不让住了，总之就是三个字：先还钱。秦琼哪还有银子呢？为了还钱，只好在身上盘点了一番：衣服不值钱，裤子不值钱，鞋子不值钱，只有武器和马匹还值点钱，没奈何，卖吧！去哪儿卖呢？有人就告诉秦琼了：二贤庄的庄主单雄信爱马，去他那儿卖。

对秦琼这种习武之人来说，马匹就是亲兄弟，武器就是亲儿子，沦落到当铜卖马的地步，已经是非常落魄、非常丢人的了。所以，秦琼见了单雄信，就没说真名，假装自己姓王。但是籍贯来路总不能冒充吧，单雄信一听他是山东的，立马就兴奋起来了："哎呀，王兄，你们山东有个大英雄叫秦琼，你认不认识啊？"秦琼能怎么答呢？他特别尴尬，只得勉强答道："他是小可的同事。"

结果单雄信更兴奋了，他付了买马钱，又额外拿了银子布匹，一股脑儿塞给秦琼，说道："还要麻烦老兄送一封信给秦琼，哎呀，小可早就想认识他了，好不容易才逮着这个机会，多谢多谢，拜托拜托。"秦琼更尴尬了，他眼下这个处境，就是活生生的"自己撒的谎跪着也要撒完"，胡乱接了东西，赶紧脚底抹油，打算开溜。

　　溜没溜走呢？还真溜走了。不过没能溜远，就在半路上病倒了。秦琼在回程的路上病得一塌糊涂，神志不清，到了一座道观里，实在走不动了，于是就只好赖在那里让观主照料着。恰好这时候单雄信有事也到了道观，把秦琼逮了个正着。两人你一言我一语这么一答对，单雄信拍案而起："哎呀，秦兄你落难了怎么不早说呢？道观里要啥没啥哪能养病，走走走，小可家里有高床软枕、好酒好菜，保你住得舒坦！"秦琼在最落魄的境地碰上了慷慨好客的单雄信，受了接济和照顾，从此之后，两个人便成了肝胆相照的挚友。

　　而单雄信的义气也没有白白付出，日后，秦琼追随李世民，成了唐朝的开国元勋，而单雄信追随王世充，成了大逆不道的反贼，但秦琼依然珍惜两人之间的友谊，屡次犯险为单雄信奔走、开脱。李世民要杀单雄信的时候，秦琼甚至泣涕如雨，愿意以身代死。可惜李世民不为所动，秦琼无力回天。在法场上，秦琼割了自己大腿上的肉，用火炙熟，立下毒誓说："如果他日我未能照顾好兄长的妻儿老小，就会受到炮炙屠割，有如此肉。"他还当场为自己的儿子与单雄信的女儿缔结了婚约。单雄信看到秦琼如此义气，便哈哈大笑，引颈就戮。

其实，如果把《隋唐演义》与《水浒传》对着看，我们就可以在这两本书中发现许多有趣的相似之处，瓦岗寨英雄与梁山英雄的想法、性情、行为、经历都十分相似，即使我们把其中的某些人物对调一下，似乎也没有什么违和之处。可是，换个角度看，不违和才是最大的违和，我们别忘了，《水浒传》讲的是一伙"反贼"的故事，而瓦岗寨英雄却相当于"国家正规军"，绿林好汉快意恩仇一把是正常的，可是警察叔叔怎么能满口"俺与你白刀子进去，红刀子出来"呢？这岂不是滑天下之大稽吗？

这个问题作者自己也发现了，不过，他却没法彻底地把它解决掉。《隋唐演义》里其实存在着两套相互矛盾的道德体系，一套是"忠"，也就是要为君主竭忠尽智、英勇效死；另一套则是"义"，也就是要与朋友肝胆相照、同生共死。这个麻烦就大了，人只有一条命，到底该为皇帝死，还是该为朋友死呢？而生活中处处都是像这样的两难处境，所以，瓦岗寨英雄就难免常常处在一种十分尴尬的境地之中。比如，秦琼究竟该听李世民的话，杀了单雄信的头，还是该记着单雄信的恩义，劫了李世民的法场？

按照《隋唐演义》的逻辑，他怎么做都是个小人，于是，就只好对自己狠一点，以放血的方式来洗清耻辱了。

但是，尴尬总还是在那里的，不能放血的时候该怎么办呢？《隋唐演义》还有一招，就是把"天命观"抬出来当成大旗。作者是这么写的："凡事自有天数，不可奢望，亦不须性急；待时而动，择主而事，不愁不富贵也。"但是，这样就又出现了一个问题：良臣的"明主"只有一个，起义军首领却有很多，我们怎么能从一个人脸上看出来这个人是不是"明主"呢？

也有法子，这个法子就是夜观星象。星象表明，李唐当兴，所以李世民就是"明主"。可是别人也不差呀，凭什么一定是李世民？那就没有什么道理可讲了，反正星象说了算。所谓"识时务者为俊杰"，一个想当英雄的人，连"明主"是谁都认不出来，这人还当哪门子英雄，对不对？据此可知，追随李世民的都是英雄，追随别人的都是狗熊，英雄们在集团内部讲讲义气就可以了，不必把友谊扩散到集团外面去。这样，"忠"和"义"就可以统一起来了。

所以，我们就可以看到，在《隋唐演义》中，"李世民"这个形象是非常"高大全"的，他具备一切理想君王应该具备的品德，英勇善战、知人善任、爱民如子、善于纳谏……但是，与此同时，这个形象也非常的"假大

草根文学的「逆袭」

22

空", 我们只能听到各路英雄称赞李世民如何如何, 却几乎找不到什么具体的事例来支撑这个判断, 甚至看不出李世民与其他起义军首领的不同之处, 这恐怕就是小说家笔力有限造成的结果了。事实上, 褚人获更像一个抄录者, 而不是一个整合者, 他博采众家的结果就是泥沙俱下, 因此, 《隋唐演义》没能像《三国演义》那样成为一个有机的整体, 这就严重影响了小说的文学价值。到了今天, 隋唐故事中最流行的依旧是瓦岗寨的英雄传奇, 李世民的形象则越来越趋于淡化, 这恐怕是有其内在必然性的。

除了隋唐系列, 列国志系列的小说也是比较盛行的。这里的"列国"指的是东周列国, 那么, "东周"又是哪个朝代呢? 我们知道, 夏、商、周是我国最早的三个朝代, 到了西周末年, 周天子软弱无能, 于是, 各路诸侯便蠢蠢欲动, 都想要干掉别的诸侯, 自己来当老大, 这样, 就出现了孔子说的"礼崩乐坏"的局面。等到周幽王"烽火戏诸侯", 搞得自己威严扫地以后, 国家更是陷入了一片混乱之中。这时候, 北方的游牧民族乘虚而入, 周王室被迫迁都, 因为原来的都城在西边, 后建的都城在东边, 所以, 我们就把迁都之后的周朝称为"东周"。

东周时期, 周天子变得更加软弱无能了, 而诸侯的野心也进一步膨胀了。大家先是"合纵连横", 互相争夺话语权, 紧接着便厉兵秣马, 开始抢地盘、抢财宝、抢人口。打起架来总是有输有赢，赢得多的就成了霸主，于是，就出现了"春秋五霸""战国七雄"。说到这里，大家肯定都明白了，没错，"东周列国"讲的就是春秋五霸、战国七雄争夺天下的故事。

列国志系列的小说中，《东周列国志》是比较经典的一部。这部小说的主要编写者是冯梦龙，他在余邵鱼《列国志传》的基础上，进行了大幅度的修改，砍掉了西周部分，专写春秋战国，并且将原书的二十万字扩写到了七十多万字。后来，另一位小说家蔡元放又对冯梦龙的作品进行了润色，并改换了书名，最后的成品就是我们今天所看到的《东周列国志》。冯梦龙是明朝最重要的小说家之一，"三言二拍"中的"三言"也是他的作品。他不仅精通小说创作，还对春秋的历史十分了解，他的《新列国志》繁而不乱，将五百余年的历史讲得头头是道、井然有序，有如一部先秦历史掌故的百科全书。

不过，我们还是不得不承认，冯梦龙的历史演义写得没有世情小说好，《东周列国志》太重视史实了，用郑振铎的话说，就是"杂采《左传》《国语》《国策》《史记》诸书而冶为一炉，几无一事无来历"，"小说的趣味同时便也为之一扫而空"。这话其实就是说，《东周列国志》的情节太散乱了，为了迁就历史的"真实性"，它总是从一个诸侯的故事跳到另一个诸侯的故事，这样，叙述就没有重点，没有重点就等于没有精彩之处。事实也的确如此，我们看完《东周列国志》之后，根本就找不到它的主角，郑庄公、齐桓公、晋文公、楚庄王、宋襄公……作者讲得兴高采烈，读者却早就变成了蚊香眼。

事实上，史实与虚构的关系是历史演义小说必须要处理的一个问题，只有史实没有虚构，读者会砸鸡蛋，因为"没意思，这是在浪费我们的时间"；只有虚构没有史实，读者还是会砸鸡蛋，因为"太雷了，这是在嘲笑我们的智商"。究竟该怎么改编历史故事才能好看呢？合适的尺度在哪里呢？这依旧是需要作者们不断去摸索、去尝试的问题。

一百单八将为什么只听宋江的？

——《水浒传》

要说对我国民间社会影响最大的明清小说，《三国演义》和《水浒传》肯定可以毫无悬念地排到老大老二的位置。这两部小说的成书年代差不多，都是在元末明初的时候；成书的背景也很接近，都是先有说书艺术的世代积累，最后由文人整理加工写成的。自这两部小说写成之后，不仅茶馆里的说书先生多了百讲不厌的保留节目，昆曲、京剧、地方戏，乃至弹词和大鼓词里都接连不断地增添了新编的剧目和唱段。

　　《三国演义》和《水浒传》还广泛地影响了其他的小说家，衍生出了大量的模仿之作和续作，有的小说还直接从这两部作品里取材，比如《金瓶梅》就截取了《水浒传》里潘金莲私通西门庆的故事，发展成了一部新的小说。一直到今天，《三国演义》和《水浒传》仍然是电视剧、电影、各种歌舞艺术的宠儿，几乎每年都会出现翻拍的作品。

　　这两部小说这么受欢迎并不是偶然的，虽然像《红楼梦》这样的作品后来居上，甚至还抢走了"明清第一小说"的桂冠，但要说"老百姓最喜欢的是哪个"，《三国演义》和《水浒传》的粉丝数量估计能把吭吭唧唧的《红楼梦》比到泥里去。

　　说到这儿，我们恐怕就要问了：《三国演义》和《水浒传》的优点在哪儿呢？它们为什么能有这么大的魅力？

要回答这个问题，我们就得先知道这两部小说讲了什么样的故事。《三国演义》已经说过了，我们再来看看《水浒传》。

罗贯中的生平已觉难详，施耐庵的事迹就更加渺茫了。他是哪里人、生活在什么年代，甚至"施耐庵"这个名字究竟是不是化名目前还是学者们争论不休的问题。不过，我们可以肯定的是，《水浒传》和《三国演义》一样，都成书于元末明初的时候。这正是从乱世渐渐过渡到治世的时候，老百姓经历了残酷的种族迫害、贪官盘剥、战火流离之后，痛定思痛，正一心盼望着太平盛世能够快点到来。

《三国演义》写乱世，《水浒传》也写乱世，这两部书里都隐含着饱经患难的一代人心中的血泪。不过，不同的是，《三国演义》的视角是由上而下的，写的是帝王将相的故事；而《水浒传》的视角是由下而上的，写的是生活在底层社会里的普通人。

《水浒传》的故事发生在北宋末年，唐宋元明清这些朝代里，宋朝算是比较窝囊的一个。

为什么说它窝囊呢？

就是因为它武力特别弱，弱到跟边疆的少数民族打仗，屡战屡败，连皇帝都被抓走的地步。打了败仗就要给人家赔钱，宋朝年年都要给周围这些虎视眈眈的国家送去成车的金银财帛。钱都赔出去了，军队谁养呢？官员的俸禄谁发呢？修路筑桥的钱谁出呢？于是就只好加重老百姓的赋税徭役。再加上北宋末年出了好多大奸臣，像高俅、童贯、蔡京之流，他们相互勾结，狼狈为奸，把社会弄得暗无天日。老百姓没了活路，就只能造反，跑到山里去做流寇、强盗。《水浒传》讲的就是这么一个"官逼民反"，使好多人不得不落草为寇，然后再"替天行道"的故事。

梁山泊好汉一共有一百零八位，正好能对应天罡地煞之数。以第七十一回梁山泊聚义为界，《水浒传》可以分成两部分：前一部分以人为线索，讲的是好汉们被"逼上梁山"的经历；后一部分以事为线索，讲的是一百零八将接受招安、为朝廷东征西讨的故事。

《水浒传》描写性格的手法历来为人称道，一百零八将里，至少有几十人的形象十分突出、活灵活现，像"及时雨"宋江、"智多星"吴用、"豹子头"林冲、"花和尚"鲁智深、"黑旋风"李逵，等等。作者善用对比，写人同而不同，犯而不犯。比如，同样是得罪了权贵，有家有业的林冲委曲求全、百般隐忍；而无牵无挂的武松就拍案而起、径自报仇。再比如，同样写急性子，鲁智深粗中有细，能从蛛丝马迹中看出不对，闯了祸也知道扫尾；而李逵却一派天真，行动常常快于大脑，做事很少考虑后果。前七十回就像由许多个人物小传串成的一条长长的锁链，一个英雄的故事又引出另一个，如此环环相扣，最终，就像百川归海一样，汇聚到"梁山泊聚义"这个共同的主题之下。

梁山泊好汉的出身来历各不相同，有的本来是安分守己的良民，因为杀了恶霸劣绅不得不落草为寇，比如李逵、阮家兄弟；有的是为朝廷效力的下层官吏，因为触犯了权贵被"逼上梁山"，比如宋江、林冲；还有的本来是朝廷派来清剿梁山泊的武将，因为打了败仗不敢还朝，不得不留下来当强盗，比如呼延灼……因为出身、经历相差得很远，梁山泊好汉也是各有各的本事，各有各的性格，有的足智多谋，有的天生神力，有的武艺高强，还有各式各样的能人异士，会模仿字迹的，会篆刻印章的，会奇门遁甲的，会机关之术的……

可以说，一部《水浒传》，画出了一幅千姿百态的英雄群像。

就说林冲。林冲长得有点像张飞，豹头环眼，燕颔虎须，身长八尺有余。这副长相帅不帅另说，但肯定是身材魁梧，头颈粗壮，足够威武。他的武艺也很厉害，是东京城的"八十万禁军教头"。

八十万是个什么概念呢？

《三国演义》里曹操号称"陈兵百万"在长江北岸，

吓得东吴群臣六神无主，只想着投降。可是这个百万也不过是个虚数，里面还有运粮的、喂马的、做饭的，都不能算在实际战斗力里。八十万人，差不多相当于一场战役里能出动的最高标准了。可是林冲能当这么一支大军的武艺师父，这都不是普通的"武艺高强"了，说是"武功盖世"也差不多。

然而，这么一个威风八面的好汉，也不得不憋憋屈屈地活着。高衙内调戏他的妻子，他忍气吞声；太尉诬陷他，流放他去沧州，他委曲求全，乖乖上路；两个公人一路上百般折磨他，他也逆来顺受。他这是图什么呢？其实也简单，就是因为"官大一级压死人"，顶头上司串通一气，林冲就申告无门。

申告无门怎么办呢？只能忍着，忍到流放期过了，还能出来从头开始，继续做个良民。看他宁愿含冤流放也不愿意落草，就能看得出，其实老百姓有多么不愿意走上"占山为王"这条不归路。什么"替天行道"，都是没有办法的办法，要不是高太尉非得杀死林冲不可，林冲是绝对不会跑到梁山上去的。

不过，有被逼无奈不情愿当了强盗的，也有自己惹是生非最后没有办法当了强盗的。花和尚鲁智深就是后一种。

花和尚本来不叫鲁智深，叫鲁达，是延安的经略府提辖。这个"提辖"就跟"教头"一样，也是军官的一种。鲁智深这个人是个急性子，脾气暴，又喜欢打抱不平，电视剧里唱的"路见不平一声吼啊，该出手时就出手"，他可以算是一个典型。

鲁达是怎么变成鲁智深的呢？

是因为他在酒楼里碰到欺男霸女的事，去帮着苦主出头，结果一不小心手重了点，三拳下去，把那个恶霸给打死了。闹出了人命，军官做不成了，就只好顶替了别人的度牒去做和尚。

那好好的和尚又是怎么变成强盗的呢？

是因为他一点都没有吸取教训，做和尚的时候还是不知道低调做人。这件事跟林冲也有点关系，林冲惹恼了高俅，高俅不仅陷害了他，把他刺配沧州，还买通了押送的公人，准备在半路上斩草除根。到了野猪林的时候，两个公人磨刀霍霍，正要下手，被鲁智深给逮住了。

鲁智深不仅救了林冲，还一路陪着他到沧州，两个公人被看得死死的，再也没能找到下手的机会。本来该暴毙在半路上的犯人好好地进了沧州府，高衙内又怎么肯善罢甘休呢？半路上多管了闲事的鲁智深鲁大和尚就这样成了撒气桶，从此之后再也找不到肯接收他的寺院。既然断绝了生计，也就只好一不做二不休，去做点"没本钱的买卖"了。

草根文学的「逆袭」

鲁智深身上所反映出的，正是《水浒传》要宣扬的核心精神——"义"。

在上一章里我们提到过，所谓的"义"就是要讲义气，要路见不平拔刀相助，要扶危济困仗义疏财，要轻生死重然诺。其实，这种思想与我国古代的传统道德是有些差异的，我们常说"百善孝为先"，古代社会首重孝道，而"孝"处理的是家庭关系，是父母与子女之间的关系。封建社会是靠着亲缘关系组织起来的，每一个家庭都是一个基本的农耕单位。在家对父母尽孝，出门才能为君主尽忠，"忠孝之道"与社会状况是一致的。

但是，到了北宋末年，社会变得混乱，许多农民因为这样那样的原因失去了土地，或是变成手工业者、商人，或是变成游侠、流寇，这时，"忠孝之道"就失效了。"侠义精神"就是这样出现的，它讲的是朋友之间的关系，所谓"多个朋友多条路""出门靠朋友"，离开了家庭的庇护之后，朋友之间的相互扶持、相互帮助就成了渡过难关的最大倚仗。

墨子说"兼爱"，说的是要把别人的兄弟当成自己的兄弟那样对待，这样，别人才能用同等的善意来回报自己。《水浒传》的英译名是《四海之内皆兄弟》，讲的正是这个意思。这样我们就不难理解《水浒传》为什么会受到老百姓的喜爱了，我们之前说过，喜欢在茶馆里听说书

第三章　一百单八将为什么只听宋江的？——《水浒传》

33

的正是居住在城市里的市民阶层，而《水浒传》讲的恰恰是他们的生活和心声。

梁山泊里人才辈出，可以说个个都是英雄好汉。有趣的是，常言道，"文无第一，武无第二"，习武之人总是喜欢逞强好胜的，否则还怎么当得了英雄呢？可是，这么多好勇斗狠的家伙聚在梁山泊里，却没有为了"谁当老大"的问题打得你死我活，反而选了一个要智谋没智谋、要武艺没武艺的宋江来当头领。这不是很奇怪吗？宋江的长处在哪里？

其实宋江成功的原因与刘备很像，都是靠"以德服人"。这个"德"，一方面是性格慷慨、仗义疏财；另一方面就是立场端正、忠义两全。

先说仗义疏财。

宋江人称"及时雨"，啥叫"及时雨"呢？就是你没钱的时候，可以来找公明哥哥借钱；闯祸的时候，可以来找公明哥哥收拾烂摊子。甚至你不好意思开口也没事，只要公明哥哥看见了、知道了，他肯定会自觉自愿地伸出援手，千金散尽也在所不惜。《水浒传》里的许多英雄好汉都在最窘迫的时候受过宋江的资助。而且宋江不仅帮助自己的朋友，还会力所能及地关照身边的穷苦人，什么穷人生病买不起药啊，孤寡老人没人赡养啊，良家女子不幸沦落风尘啊，他都管，而且不是管一次两次，是次次都管。

如果他是个权贵家庭出身的富二代也就算了，他还不是，他父母家境不过小康，自己在县衙里做个小吏，收入并不丰厚，老是这么管闲事，就管得自己身无长物，一直没什么积蓄。

这样的人要是放到现在，那就是一个标准的"傻多速"——人傻钱多速来。不但吸引不了英雄，还可能会招惹小人，给自己招祸。毕竟，现代社会早就不兴"游侠儿"那一套了，治世之中，老百姓能够找到更稳当的养家糊口、伸张冤屈的法子，社会变得安定了，需要被"扶危济困"的人就少了。但是在当时，对于江湖上这些刀头舔血的人来说，宋江就是阎王殿门口的最后一道防线，说不定什么时候走投无路了，还可以找他拉自己一把，这可是千金万金都买不来的好处。

这正是梁山好汉人人敬服宋江的原因之一：他们要不就是欠着宋江的恩情，要不就是正狂奔在欠下恩情的半路上。

再说忠义两全。

宋江虽然认识很多游侠儿朋友，但他自己并不是跟他们一伙的。他在县衙里当胥吏，有正当职业和稳定收入，还保留着传统的"忠君孝亲"思想。宋江上梁山的经历与林冲有点像，他杀了人之后老老实实地投案认罪，服服帖帖地去流放之地，一心想当良民，根本就没想过要像梁山众好汉一样，用当强盗的方法避过灾祸。他图什么呢？图的就是不要"上违天理，下逆父教，做了不忠不孝的人"。但是，他自己委曲求全，却有奸人步步紧逼，直到被推上刑场、马上要身首异处了，他才不得不无奈地接受了晁盖的招揽。上了梁山之后，宋江仍然时时刻刻牢记着"替天行道为主，全仗忠义为臣，辅国安民，去邪归正"的志向，把"聚义厅"改成了"忠义堂"，一心一意地等待朝廷招安，李逵每次叫嚷"招安招安，招甚鸟安"，都会被骂得狗血淋头。

　　说到这里，我们就不得不感叹《水浒传》的立场之微妙了。一伙强盗的最高人生理想是招安之后好好为朝廷效力，这与恐怖分子想要参加联合国维和部队有什么区别呢？可是《水浒传》还真就是这样的。它最早的名字就叫《忠义水浒传》，甚至就叫《忠义传》。其实，皇帝在《水浒传》中的形象还是很不错的，他英明神武，只是被小人蒙蔽了而已。所以，梁山泊好汉也只反贪官，不反朝廷。

　　不仅不反朝廷，还要"替天行道"，按照《水浒传》的逻辑，梁山泊众人的立场反而是与朝廷一致的，而高俅、蔡京之流才是双方共同的敌人。这是宋江能够得到众人衷心爱戴的另一个原因。说白了，作者必须安排他做老大，他代表着正确的政治立场和价值观，是梁山泊的指路灯、风向旗，如果没有宋江，梁山好汉就真的只是一伙大逆不道的"反贼"了。这样的话，《水浒传》也就只能是一部大逆不道的"禁书"了，可以想见，它肯定早就在历代皇帝的查禁中被销毁殆尽，不可能再流传到今天、还与我们见面了。

事实上，《水浒传》的悲剧性恰恰埋藏在这里。梁山泊的处境就像在钢丝绳上跳舞——如果不接受招安，那么朝廷迟早会派大军压境，一旦覆灭，就会死无葬身之地；可是如果接受招安，众多英雄好汉就相当于失去了自保的能力，成了奸臣权相砧板上的鱼肉。宋末的乱世是很多原因造成的，"杀尽贪官"并不能从根本上解决问题，皇帝的"英明神武"更是没影子的事，只能当作自我安慰罢了。从这个意义上说，从一开始的时候，以"替天行道""忠义两全"为目标的梁山泊聚义，就已经注定了最后失败的结局。

出路到底在哪里呢？作者没有答案，这个问题留给了我们，等待着新的思考和回音。

第四章

杨家将的故事为什么能感动那么多人？

——《杨家府演义》与《说岳全传》

在英雄传奇小说中，《水浒传》是一部相当特立独行的作品。为什么这么说呢？因为它把一伙"反贼"塑造成了英雄，以封建社会的眼光来看，这可是非常大逆不道的。尽管作者已经尽可能地纠正了它的"三观"，然而，随着明清两朝越来越严酷的文字狱风潮，《水浒传》依然受到了多次查禁，统治者认为它"蛊惑愚民，诱以为恶"，"如愚民之惑于邪教、亲近匪人者，概由看此恶书所致"。

《水浒传》的思路启发了其他小说家，但是很多时候，它的套路却是没有办法直接照搬的。毕竟，小说写完了是要给人看的，如果小说家辛辛苦苦写了一部书稿，却刚一出版就被查封，岂不是白忙活了吗？白忙活还不要紧，如果因为这种事情害得自己脑袋搬了家，那就更得不偿失了。所以，许多人在借鉴"英雄传奇"这种故事模式的时候，就对它进行了一番改造。他们是怎么改造的呢？很简单，反贼做"英雄"有争议，他们就写没有争议的英雄。正史里夸奖谁，他们就夸奖谁，像历朝历代的开国元勋啊，能臣良将啊，仁人志士啊什么的，素材一样多得很。

《隋唐演义》其实就是一个典型的例子。《水浒传》里写梁山泊好汉，《隋唐演义》里写瓦岗寨英雄，按理说，都是占山为王的土匪，身份应该是差不多的。然而，秦琼、程咬金他们投靠了李世民，这样，就相当于弃暗投明，从"反贼"变成了"以有道伐无道"的正义之师。除了《隋唐演义》，我们还可以找到许多类似的作品，比如写明朝开国元勋的《英烈传》，写仁人志士的《杨家府演义》《说岳全传》等等。在这些作品中，杨家将故事系列与岳家军故事系列是影响较大的两部。在这一章中，我们就来看看它们讲的到底是什么。

梁山泊好汉、杨家将、岳家军的大背景差不多，讲的都是宋朝的故事。其实，平心而论，宋朝并不是一个一无是处的朝代，它的经济文化都达到了相当发达的程度。比如，"唐宋八大家"里有六个是宋朝人，四大发明在宋朝获得了改进和完善，宋朝还出现了最早的市民阶层和小说艺术……史学家陈寅恪就认为："华夏民族之文化，历数千载之演进，造极于赵宋之世。"

但是，宋朝的问题也很突出，它的统治者奉行"重文轻武"的国策，军事实力很弱，所以，从北宋到南宋，边患问题一直都非常严重。严重到什么程度呢？我们看地图就会发现了，比起隋唐、明清这些朝代，宋朝的国土面积简直小得可怜，北宋的面积等于今天的华北加上江南，南宋把华北也丢掉了一多半，只剩下江南。宋朝的北边有辽、东北有金、西北有西夏，这些游牧民族纷纷建立了强大的政权，三不五时就骑着马、举着大刀来大宋的边界烧杀劫掠一番，宋朝的老百姓饱受滋扰，苦不堪言。

说到这里，大家肯定都要急了：军队呢？军队是干吗的？军队自然是有的，而且军队其实并没有干吃饭不干事。两宋出现了很多可歌可泣的爱国志士，比如"壮志饥餐胡虏肉，笑谈渴饮匈奴血"的岳飞，"人生自古谁无死，留取丹心照汗青"的文天祥……然而，悲剧的是，将士们在前线浴血奋战，朝廷中却总是有人拖后腿，而且拖后腿的还总是占据上风，不是在紧要关头掉链子，就是把好不容易取得的胜利果实拱手相让。更有甚者，从皇帝到大臣，心里都非常害怕打了胜仗的将军会带着大军回来谋夺皇位，所以，一旦将军的威望过高、权力过大，大家就开始想办法打压这个将军，到头来，将士们险死还生，却常常落得个流血又流泪的下场。

这太荒唐了，大宋四面楚歌，皇帝和大臣们竟然还忙着自掘长城，这不是脑子有病吗？难道他们分不清孰轻孰重吗？分不清孰轻孰重是真的，不过，会这么做却是有原因的。什么原因呢？要解释这个问题，我们还得从"重文轻武"的国策说起。

我们常说"文治武功"，要治理好国家，"文"和"武"缺了哪一个都不行。那么，宋朝为什么要偏重一方，贬抑另一方呢？其实，这是因为宋朝的统治者不希望自己重蹈唐朝的覆辙。唐朝覆灭有一个重要的原因就是藩镇割据。藩镇和诸侯国有点像，所谓"藩镇"，就是军镇，朝廷把一些容易发生战乱的地区单独划分出来，派军官过去管理，允许他们在当地自主调派军队，这样可以更灵活地应对突发情况，有利于维护国家安全。时间长了，长官的权力越来越大，野心也越来越膨胀，渐渐地就不听朝廷的指挥了。等到皇帝软弱无能的时候，藩镇的长官就纷纷自立为王，互相争斗，而国家也就随之四分五裂了。

唐朝之后是五代十国，这时候，地方的割据混战愈演愈烈，大唐的国土分裂成了许多小国家。等到宋太祖赵匡胤坐上皇位以后，国家才逐步完成了南方的统一，勉强从战乱之中缓过一口气来。赵匡胤思及前人，最忧心的就是自己辖制不了手下的大将军，使宋朝变成五代之后的第六个短命王朝。所以，他坐稳了皇位之后，就开始想办法了。

什么办法呢？动之以情，晓之以理，诱之以利的办法。

有一天，赵匡胤在宫中设宴，叫自己手下的几个大将军来喝酒，酒过三巡，酒杯一放，就开始叹气了。将军们一看，哎呀，皇帝叹气，此事不小，便赶紧问道："陛下在为何事担忧呀？"赵匡胤就说了："我担心自己的皇位坐不稳啊！陈桥兵变，黄袍加身，是大家抬爱，才让我做

草根文学的「逆袭」

了皇帝。日后焉知你们这些人的部将会不会给你们也来一出黄袍加身呢？到时候，老兄弟们就要兵戎相见了。我一想到这里，就觉得忧心如焚啊！"

将军们听得冷汗都下来了，皇帝这是在怀疑他们呀！大家赶快跪到地上，赌咒发誓说自己没有异心。这时候，赵匡胤又说了："我给你们想了个办法。反正现在天下安定，没有什么战事了，大家攥着兵权还有什么用呢？不如辞了将军一职，我给你们封爵位，再跟你们结成儿女亲家，你们多多地带着金银财宝，回家乡去买田置宅，好好享享清福，岂不是两全其美吗？"将军们纷纷点头如捣蒜，这样，宋太祖就以和平的方式收回了兵权。从此之后，"重文轻武"便成为宋朝的重要国策，统治者大量任用文人治国，武将则受到了多方面的限制和防范。

限制兵权使国内政局变得更加安定，这为宋朝的经济文化发展提供了契机。但是，当国家发生战事的时候，就开始出现问题了。北宋曾先后与辽和西夏发生战役，经过几番苦战，好不容易遏制住了对方南下的势头，双方签订合约，北宋以每年交纳金银财宝为代价，换取了边境的和平。到了北宋晚期，北方又崛起了一个强大的政权，这就是女真人建立的金。偏偏大宋的皇帝越来越昏庸，投降派占据了上风，战事节节败退，最后，金人大举入侵，在"靖康"这一年抓走了宋徽宗、宋钦宗父子，宋朝不得不举国南迁，把都城从河南开封搬到浙江杭州去。因为开封在北边，杭州在南边，所以，从此之后，"北宋"就变成了"南宋"。这就是岳飞念念不忘的"靖康之耻"。

有投降派自然就有死战派，正是因为朝廷软弱无能，前线的厮杀就更加悲壮、惨烈。可以说，"杨家将"与"岳家军"其实就是无数前赴后继、誓死报国的宋朝将士最好的缩影。杨家将的故事虚构成分较多，讲的是杨业、杨延昭、杨宗保、杨文广、杨怀玉一门五代父死子继、夫亡妻承、舍生忘死、保家卫国的故事。故事发生在北宋前期，我们可以看到，他们的对手主要是辽和西夏。而"精忠报国"的岳飞大家就很熟悉了，岳飞是历史上真实存在的人物，岳家军的故事基本上是依据史实来写的。当然，比起史实，它在岳飞的出身来历、武功本事等方面都进行了夸大和虚构。

与"隋唐故事系列"的情况一样，写杨家将和岳家军的小说也有很多。明清时期流传最广的杨家将故事是《杨家府演义》和《北宋志传》，我们有时候也把《北宋志传》称作《杨家将演义》。这两部小说的内容大同小异，不过，《北宋志传》只写了杨业、杨延昭、杨宗保三代人的故事，《杨家府演义》则将三代扩写到了五代。较早的岳家军故事当属熊大木编写的《大宋中兴通俗演义》，而内容比较全面的则是钱彩编写的《说岳全传》。在这里，

草根文学的「逆袭」

我们就以《杨家府演义》和《说岳全传》为例，看一看它们的经典故事情节。

杨门五代，第一代是杨业。杨业原本是五代十国中北汉的将领，宋太祖灭北汉之后，便归降于宋朝了。宋太祖赏识他骁勇善战，对他信任有加，不料，这却招来了另一位将领潘仁美的嫉恨。辽人犯境，宋太祖任命潘仁美为元帅，杨业为先锋，让他们两人出兵抗敌。杨业到了战场，探查形势之后，便建议潘仁美先按兵不动，趁辽军压境、后方空虚的时候，派一支奇兵绕到背后，一举攻破辽军的大本营。

杨业的战略是有道理的，正常人都能看得出来。可是，潘仁美偏偏要拧着来，他听完杨业的计策，便拍着桌子怒斥道："你跑到没有敌人的地方去奇袭，难道要留下我在这里面对辽军的千军万马吗？我看你是心怀不轨，存心想害死我！"杨业身在矮檐下，不得不低头，被潘仁美逼着去与辽国的大军正面交战。他知道潘仁美此计不妥，又没有办法，只得在临行前请求潘仁美派兵接应自己。等到交战开始，杨业的将士果然陷入了重围。这时的情况就已经很紧急了，可以说是生死关头。如果潘仁美始终按兵不动，杨业带领的将士全部都得有来无回。那么，潘仁美是怎么做的呢？

七郎杨延嗣浴血杀出重围，回大营求救。当着众多将士的面，潘仁美什么也没说，等到晚上，却派人灌醉了七郎，再把他捆到树上，一顿乱箭活活射死。杀人抛尸之后，潘仁美便继续按兵不动，假装根本就没有求救这回事儿。杨业不知道自己的七儿子已经被害，在辽军的重重包围之中，杀得天昏地暗、弹尽粮绝，渐渐被逼到了一个叫作"狼牙谷"的地方。这里有一座李陵庙，杨业见了庙宇，便不由得感慨万千。

感慨什么呢？原来，李陵是汉武帝时期的一位大将军，他带领军队抗击匈奴，力战不敌，不得已投降了敌人。杨业此时的处境便与李陵类似，等到无力回天的时候，究竟该苟全性命呢，还是该杀身成仁？有道是，"自古艰难唯一死"，不到事到临头的时候，谁都无法知道自己心中的答案。杨业边战边退，等了又等，可是，他杀光了最后的一兵一卒，救兵依旧连影子都没有。这时候，他就明白了，潘仁美存心要害死他，救兵是不会再来了。怎么办？是不是应该投降呢？凭他的战功，投降之后，也许还可以在辽国受到重用。但是他没有那么做，他取下紫金盔，向都城的方向郑重参拜，起身之后，便回头撞死在了李陵碑上。

杨业的故事很容易使我们联想起岳飞，他们都是骁勇善战的将领，却没有在战场上"马革裹尸还"，反而白白死在了自己人的内耗之中。宋王室南下之后，宋人畏金兵如虎，可是，岳飞却能凭借严明的治军手段打造出一支钢铁之师。岳家军与金兀术的军队数次交锋，不可一世的金兀术竟然发出了"撼山易，撼岳家军难"的感叹。

按照常理，这么一个有能力的将领驻扎在边关，就好像水晶宫里镇上了定海神针一样，皇帝和大臣们都不用担心金兵来抄自己的老窝了，从此之后应该饭也吃得香了，觉也睡得好了。可是，事情却完全不是这么发展的，在《说岳全传》里，岳飞大破金兀术，正打算一鼓作气收复北宋失去的土地的时候，宋高宗和秦桧连发十二道金牌，逼着岳飞撤军还朝，将岳飞辛辛苦苦营造的大好局面破坏殆尽。这还不算完，岳飞遵旨还朝之后，秦桧便以"莫须有"的罪名将岳飞下狱，严刑拷打之后，在风波亭上将岳飞、岳云父子残忍杀害。

即使有"重文轻武"的国策，这么做也讲不通道理。毕竟，狼都已经摸到家门口来了，这时候不想着拿起菜刀把狼撵出去，怎么还嫌弃菜刀太锋利割伤了自己的手，要砸碎菜刀呢？也许，《说岳全传》的作者也发现了这里的逻辑讲不通，可是他又不能把宋高宗和秦桧写成弱智，所以，他不得不安排了一个神话的背景来解释这件事。

怎么解释的呢？是这么解释的：岳飞前世是金翅大鹏鸟，他路过河边，啄瞎了龙王的眼睛，所以，龙王怀恨在心，转世成了秦桧，来报前世之仇。太可笑了，对不对？

简直是胡说八道。其实，作者也知道他这么安排情节说服力不够，就又找了一个理由，说秦桧已经被金人收买了，金人最害怕的就是岳飞，他害岳飞是受了金人之命。这能说得通吗？其实也说不通，试想，一个国家的间谍怎么敢跑到另一个国家去当首相呢？难道他嫌自己命长了吗？

这也说不通，那也说不通，那到底是怎么一回事呢？有人提出过一个猜测还是比较靠谱的：对于宋高宗而言，打败金朝、收复失地其实并没有什么好处。我们还记得，金人把宋朝的两个皇帝抓走了，如果岳飞打了胜仗，宋金议和的时候，这两位皇帝肯定会被送回来，皇位只有一个，到时候应该让谁来坐呢？对于宋高宗来说，保持现状、偏安一隅才是最有利的，所以，皇帝本人就是一个坚定不移的主和派。对于秦桧来说呢，他能当大官靠的就是讨好皇帝，皇帝想议和，他能主战吗？而且，秦桧已经与主和派绑在一起了，如果主和派占据上风，他就是首相；如果主战派占据上风，他就该回家卖红薯去了。为了自己的权力和地位，秦桧也必须把岳飞干掉。

岳飞空有一腔报国热血，却不懂得揣摩皇帝和权贵的心思，因此，他就成了政治权术博弈中的无辜牺牲品，怀着未尽的理想抱憾而终。从岳飞的悲剧中，我们便可以看到专制制度的严重弊病，国家的人力、财力、物力成了私人利益斗争的筹码，权贵们浪费资源、贻误军机、排挤忠良，这样，国家又怎么可能好得了呢?

正因为如此，杨家将和岳家军这种不屈不挠的斗争精神才显得更加悲壮，他们不是不知道皇帝不值得效命，也不是不知道自己的牺牲可能毫无意义，但是，他们却依旧义无反顾地为一项无谓的事业献出了自己宝贵的生命。《杨家府演义》中有"穆桂英挂帅"和"十二寡妇征西"的故事，杨氏一门的男丁在战场上牺牲殆尽，又受到朝廷的排挤，然而，国家有需要的时候，心灰意冷的寡妇们却从归隐之地回到朝廷，拿起丈夫的武器，以生命为代价将敌人阻挡在了国门之外。

在历史上，中国曾发生多次战乱，也曾经多次面临亡国的危机，特别是在近代，西方列强大举入侵，鸦片战争、八国联军侵华、日本侵华……这些都为中华大地带来了深重的灾难。每逢国家到了危机时刻，杨家将、岳家军这样的故事就成了人们最好的精神食粮，它们鼓舞着中华儿女团结起来，为民族的自立自强而不断奋斗。

其实，平心而论，在佳作如云的明清小说中，《杨家府演义》和《说岳全传》只能算是三流作品，它们的结构之粗疏，内容之简陋，思想之平庸，都是无可掩盖的缺点。但是，这样的作品为什么能够在民间久经流传，百讲不衰呢? 这与它们深深地触动了我们的共同情感有着密不可分的联系。到了今天，我们已经摆脱了亡国灭种的危机，走出国门，也不会再因为自己的国籍和肤色受到歧视了。但是，回望历史，我们却不应该忘记，国家在积贫积弱的时候，将会受到怎样的侮辱和蹂躏。前事不忘后事之师，这就是杨家将与岳家军的故事留给我们的最重要的启示。

第五章

这些妖怪神魔的形象来自哪里？

——《西游记》

元朝末年，由于元人实行民族歧视的治国政策，对汉人和其他少数民族进行残酷的剥削压制，社会矛盾渐渐积累到了一触即发的地步。再加上沉重的赋税和徭役负担，老百姓不堪重负，于是，很多人在饥寒交迫之中铤而走险，拿着刀枪棍棒加入了农民起义军的队伍。明太祖朱元璋就是这样发迹的，他靠着起义军的力量推翻了元朝统治，从一个乞讨为生的小和尚一跃成了大明帝国的最高首脑。

　　等到明朝建立之后，社会开始恢复秩序，政府对社会的控制也就自然而然地加强了。朱元璋是一位相当跋扈的皇帝，他为了不重蹈元朝灭亡的覆辙，采取了非常严酷的手段来监管百官，压制文化思想，朝野上下噤若寒蝉。这使明朝前期的文学几乎陷入了停滞不前的困境，不仅诗文一蹶不振，通俗文学也在几次的打压中陷入了沉寂。这正是在《三国演义》和《水浒传》之后很长时间都"后不见来者"的原因。

　　不过，古人说得好："野火烧不尽，春风吹又生。"到了明朝中期的时候，一连出了几任不务正业的皇帝，他们有的爱当木匠，有的爱做买卖，有的修仙炼道，有的沉迷享乐，群臣常常几年甚至几十年见不到皇帝的面，朝政荒废。这时候，之前被压制着的东西就又悄悄地冒出了头。

《西游记》就是在这时候诞生的。它与《三国演义》和《水浒传》一样，都是在世代累积的基础上由文人整理加工而成，关于它的最后写定者是谁，至今都没有定论。早年有些学者认为它是元代道士丘处机所作，但经过考证，我们现在一般认为这是将《长春真人西游记》与小说《西游记》混淆的结果。鲁迅、胡适等人认定《西游记》的作者是吴承恩，这个说法既有支持者，也有反对者，双方还没能得出最后的结论。

　　不过，在没有更好的说法之前，我们还是把吴承恩暂定为《西游记》的作者。

　　与《三国演义》和《水浒传》相同，《西游记》也取材于真实的历史事件，不过，两者却用了截然不同的办法来处理这些素材：《三国演义》和《水浒传》里也有虚构，但作者总是想方设法把虚构的事情讲得像真的一样，让我们以为那就是在我们身边发生过的事情；而《西游记》却把真实的历史不断幻化、神化，最终讲成了一个妖怪神魔的神话故事。

　　说到这儿，好奇的你肯定已经想要发问了：玄奘取经的本来面貌是什么样的？《西游记》又对它进行了怎样的改造呢？

　　历史上的玄奘出身于一个全家都信仰佛教的官吏家庭，他二哥陈素就是洛阳净土寺的和尚，法名长捷。在从小的耳濡目染之下，玄奘对佛学有十分浓厚的兴趣，他十三岁那年被洛阳的寺院破格录取，从此之后，便悉心钻研佛学精义，游历四方与众僧切磋交流。但是，随着学问的长进，玄奘很快就感觉到，由于语言不通，很多从天竺传来的佛教经典都没法被人们彻底地理解，高僧们对经义的解释往往千差万别，佛经翻译中也常常存在着明显的疏漏和错误，这严重地影响了佛教在中原的弘扬光大。

唐太宗贞观三年（公元629年），年仅二十七岁的玄奘启程前往天竺，决心到佛教的发源地去学习佛法。他从长安出发，一路向西，跨越了荒漠、戈壁、雪原、高山，克服了干渴的折磨、流寇的劫掠、野兽的袭击、严寒的阻挠，历经上百个国家，终于在一年之后成功到达天竺。他在天竺居住了十五年，搜集、抄录了六百多部佛学、逻辑学、印度语言文字学的经典，因为博闻强识、品德高洁而受到印度僧人们的爱戴。

远行十七年之后，玄奘带着大量的佛经、论著、佛像回到长安，唐太宗听说之后，为他举行了盛大的欢迎仪式。回国后，他仍旧笔耕不辍，又用了十九年的时间整理、翻译了大量佛经，并自己口述，由弟子笔录，将取经的经历写成了《大唐西域记》一书。

虽说《西游记》取材于《大唐西域记》，讲的都是大和尚百折不挠弘扬佛法的故事，但《西游记》里的妖怪神魔并不都是从佛经故事里跑出来的。别的不说，就说它的神仙体系，如来佛祖带着金刚、菩萨、揭谛、伽蓝们住在西天，玉皇大帝带着天兵天将、星宿神官们住在天庭，佛教的神仙和道教的神仙竟然能像大国搞外交一样，本着"互不侵犯、互不干涉内政、平等互利、和平共处"的原则，一直相安无事地住在同一片蓝天下，这不能不说是中国小说里才会出现的一大奇观。

中国文化有一个与众不同的特点，就是具有很强的包容性。中国的老百姓都是十分宽容的，反正佛教修来世，道教修今生，在老百姓看来，说不定今天拜拜佛，明天看看八字，双管齐下，效果更好。

这种心态使大大小小的宗教流派都在中国的土地上找到了生存空间，佛教和道教斗来斗去，谁也干不掉谁，最后，就出现了儒、释、道三家合流的现象。

《西游记》正是汇集了佛教故事、道家仙话、民间传说等各个方面的精华，才创造出了一个如此光怪陆离、瑰丽无比的故事空间。

在《西游记》里，环境是天上地下、龙宫冥府、仙地佛境、险山恶水；人物是身奇貌异、似人似怪、神通广大、变幻莫测；故事则上天入地、翻江倒海、降魔除怪、祭宝斗法……这些奇人、奇境、奇事层出不穷，常常使人有目不暇接、流连忘返之感。

我们就说孙悟空。孙悟空是个从石头里蹦出来的猴精，天生天养，无父无母。本来，他在花果山上当美猴王，"不伏麒麟辖，不伏凤凰管，又不伏人间王位所拘束"，日子过得自由自在，十分惬意。可是美猴王并不满足于做一只混吃等死的野猴精，他吃饱喝足之余，就开始思考了。思考什么呢？思考关于生死的终极问题。这时候，他便想到，虽然人间的日子过得无拘无束，可是暗地里不还有一个阎王管着自己吗？这怎么能行呢？为了摆脱这座压在头顶上的终极大山，猴王渡海远行，拜师学艺，学会了筋斗云和七十二般变化。学成归来，自然是直奔地府，先打得阎王跪地求饶，然后便大笔一挥，从生死簿上销了自己的名字。

玉帝的眼皮子底下蹦出了孙悟空这么一个刺头，天庭众人都觉得骨鲠在喉。可是他们打又打不过，没办法，只好来软的，派了太上老君到花果山去招安。

说到太上老君，他本来应该是道教的三大祖师爷之一，原型乃是春秋战国时期的著名思想家、道家学派的开创人——老子。不知道为什么《西游记》里的太上老君变成了玉帝的打工仔，而且还是一个老奸巨猾的打工仔。太上老君忽悠孙悟空道："玉帝仰慕你武艺高强，邀请你去天上当神仙。"这时候的孙悟空还是一只天真无邪的小猴子，也就信以为真地跟着走，去当了一个专门给玉帝养马的小官儿。

可是纸怎么能包得住火呢？没多久，孙悟空就知道了所谓的"弼马温"究竟是怎么一回事儿。猴王心高气傲，焉能屈就，一气之下打出了南天门，罢工去也。玉帝没法子，只好又派太上老君去招安，这回天庭技高一筹，给孙悟空封了一个只有爵位没有实权的虚职，美其名曰"齐天大圣"。天真无邪的孙悟空又被骗了，高高兴兴地回去"当大官"。

可惜的是，牛牵到天上还是牛，惹祸精骗到天上也还是惹祸精，王母娘娘一开蟠桃会，安分了没多久的"齐天大圣"就原形毕露，先偷蟠桃，再闹宴席，又把天庭搅了个天翻地覆。

这回他终于成功地突破了玉帝的底线，玉帝不惜血本，派出二郎神这个狠角色制服了孙悟空。可是斩首示众的时候却出了问题，不管是刀砍、雷劈，还是火烧，统统都起不了一点效果。

玉帝黔驴技穷，只好把"贴心小棉袄"太白金星再祭出来，让他用八卦炉把孙悟空炼成灰。这如意算盘打得好，可惜猴子也不是好炼的，九九八十一天过去，太白金星一揭炉盖，一个完好无损的"齐天大圣"又跳了出来。这下人家大圣也不想做了，看上了玉帝的龙椅，准备跟他"皇帝轮流坐，明年到我家"。

走投无路的玉帝只好哭着去抱如来的大腿，而如来呢，也是个妙人，一分钱都没要，跑来给玉帝助拳，一翻手把孙悟空压到了五行山下。

　　如果说《大唐西域记》的第一主角是玄奘，那么《西游记》的第一主角其实应该是孙悟空。不管是在大闹天宫的时候，还是在取经路上，他都桀骜不驯、反对束缚、尊重自我、向往自由，表现出了十分强烈的个性精神。他对权威的蔑视、对实现自我价值的要求呼应了明代中后期的时代思潮，可以说正是逐渐复苏的时代精神的一个典型写照。开玩笑地说，九九八十一难几乎成了孙悟空一个人的表演舞台，剩下的师徒三人，一个负责被抓，一个负责卖萌，最后一个负责报信，喊上几声"大师兄，师父被妖怪抓走了"。

　　不过，我们也得承认，《西游记》的作者对孙悟空这个人物所持的其实是保留态度，并没有完全肯定他逆天而行、大逆不道的种种做法。孙悟空大闹天宫被镇在五行山下，历经九九八十一难终于到达西天、修成正果，没有仅仅满足于做一只天不管地不收的野猴精，这些都说明，在作者的心目中，封建社会的等级秩序仍旧是不可动摇的，"强者为尊""自由自在"，都只能在适度的范围之内进行。

　　也许，也正是在这个意义上，有些学者认为，"悟

草根文学的「逆袭」

空取经"这个故事其实象征着我们每个人修心的过程，人的心性有放纵的本能，只有历经重重磨难，才能不断克服"心中之魔"，最终达到"明心见性"的目的。

比起《三国演义》和《水浒传》，《西游记》显得十分新奇，但是在我国的历史上，像《西游记》这样描写妖怪神魔故事的小说也并不少见，《封神演义》《三遂平妖传》等神仙传说无不具有瑰丽的想象和神奇的故事情节。可是一说到神魔小说，我们几乎只能想起《西游记》，这是为什么呢？《西游记》好在哪里？

其实，《西游记》的高明之处就在于，它虽然"贵奇尚幻"，但却"幻中有真""幻中有理"，并没有沦为一座空中楼阁。在写人方面，它能把主人公的物性、人性、神性结合起来，入情入理，真实亲切；在写事方面，它常常"以戏言寓诸幻笔"，以荒唐的事件影射现实，处处皆是机锋。

我们先看它的人物描写。《西游记》里的人物多半都是妖怪成精，他们直立行走、会说人话，具有人的喜怒哀乐和七情六欲。但是，与此同时，他们身上却仍然保留着动物的特点，比如蝎子会蜇人、蜘蛛会吐丝，孙悟空"雷公脸面"、猪八戒"长嘴大耳"；在性格上也与原型有一致之处，比如老鼠胆小、猴子好动、猪好吃懒做等等。然而，这些人物又并非只有一种面貌，特别是取经的四个主人公，作者常常从不同侧面刻画他们的性格，写出了人物的丰富性、复杂性。

在这里，我们就举一个小例子：

"拜惟好汉，听祷原因：念我弟子，东土唐人。奉太宗皇帝旨意，上西方求取经文。适来此地，逢尔多人，不知是何府、何州、何县，都在此山内结党成群。我以好话，哀告殷勤。尔等不听，返善生嗔。却遭行者，棍下伤身。切念尸骸暴露，吾随掩土盘坟。折青竹为香烛，无光彩，有心勤；取顽石作施食，无滋味，有诚真。你到森罗殿下兴词，倒树寻根，他姓孙，我姓陈，各居异姓。冤有头，债有主，切莫告我取经僧人。"

这段话是唐僧说的，说给谁听呢？说给两个被孙悟空打死的强盗听。这两个强盗在山中剪径，恰好碰到师徒四人路过，强盗以为碰上了肥羊，过来抢劫，唐僧骑着马一道烟跑了，孙悟空在后面抢起棍子打死了强盗。唐僧回头看见强盗的尸体，就下马给他们上香，说了这么一段话。其实，孙悟空打死强盗固然过激，但是说到底，这么做也是为了唐僧，唐僧却毫不领情，推得干净，一点也没有要跟徒弟一起承担责任的意思。再想想那个心性坚韧、品德高洁的取经佛子形象，是不是觉得有点崩坏？这一小段插曲，就是"从神性中见人性"的例子，唐僧不仅有作为圣徒的一面，也有作为凡人软弱怕死、偷奸耍滑的一面。作者在紧张的情节之中，闲闲宕开一笔，人物便瞬间变得生动了起来。

再说它的诙谐和机锋。我们还是找个例子：

众僧道："老爷，走不脱！那仙长奏准君王，把我们画了影身图，四下里张挂。……且莫说是和尚，就是剪鬃、秃子、毛稀的，都也难逃。四下里快手又多，缉事的又广，凭你怎么也是难脱。"

这段故事是说，师徒四人到了灭法国，发现国王尊崇道教，不准信奉佛教，正在四下里缉拿和尚。但凡出家不肯还俗的，全都穿着破衣烂衫，被驱赶着做苦役。孙悟空问这些和尚为什么不肯逃走，和尚便说了上面那段话。其实，这哪里是在说抓和尚呢？明朝的厂卫制度森严，监察严密，刑法残酷，朝野之中，但凡有一点风吹草动，便株连极广，以至于人人自危。这宁肯错杀一万，不能放过一个，布下天罗地网，插翅难飞的情景，正是当时社会的真实写照。这里一语双关，闻者会心一笑，便给故事带来了淡淡的幽默意味。

归根结底，文学还是"人学"，它首先关注的是人的生活、人的境遇、人的矛盾和人的光辉。能不能出自真情、反映人性，常常是判断一部作品是否成功的重要标准。正是因为如此，《西游记》才在立意上远远地超出了同类小说，成为神魔小说当之无愧的魁首。对人生的关怀，对人性的信念，其实就是我们源源不断地进行创作的根本动力啊！

第六章

姜子牙封神封了谁?

——《封神演义》

我们之前已经说过，《三国演义》开启了历史演义的传统，《水浒传》开启了英雄传奇的传统，那么与它俩并列四大名著的《西游记》呢？

情况其实也是类似的。从《西游记》问世到明朝结束的几十年之间，小说家们先后写出了将近三十部形形色色的神魔小说，这里边，既有《西游记》的续作、仿作，也有为其他神仙立传的故事，不过，这些作者水平远远不如吴承恩，作品中的人物形象往往千篇一律，情节也十分单调，成了宗教说教的"传声筒"，没有太大的文学价值；还有的小说家稍聪明一些，他们将历史演义与神魔小说融合起来，把历史故事做成一个大框架，里面却填上神魔斗法的奇幻情节，这样，小说就可以兼具两种体裁的优点，变得吸引人了、好看了。

《封神演义》就是一部这样的小说。它截取了从商朝末年到西周的一段历史，讲了纣王无道，以至于民怨四起，而武王在姜子牙的辅佐下伐纣的故事。

说到这儿，我们又要问了：纣王是谁？武王又是谁？他们俩是什么关系呢？

在回答这个问题之前，我们得先说说夏、商、周这三个朝代有什么特点。秦始皇的故事我们都听说过，他统一六国、修长城、立郡县，从此我国古代社会就彻底从奴隶制时期进入了封建制时期，这是一个非常大的飞跃。秦始皇也觉得自己功绩大大的，前无古人、后无来者，所以他发明了"皇帝"这个词，意思就是"朕的文治武功已经超过了三皇五帝，乃是古今上下第一人"。那么，封建制到底比奴隶制先进在哪儿呢？其中，以郡县制代替分封制是一个很重要的步骤。

所谓分封制，就是说，天上有一个神，他是至高无上的，地上的国王是神的儿子，所以被称为"天子"。"天子"肯定是无比尊贵的，全天下的土地都归他所有，但是他只有一个人，不可能有精力去同时治理那么大的领土。那怎么办呢？他就把领土分封给其他人，让他们来帮他治理。分封给哪些人呢？主要是"天子"的儿子、叔伯、侄子，有时候还有异姓的功臣，或者前一个朝代的王室成员。这些人就被称为"诸侯"。

在自己的地盘上，诸侯就是土皇帝，除了要定期给天子送些礼物，有时候要带着军队随天子作战之外，平时几乎可以想干什么就干什么。而且诸侯的爵位是世袭的，这也就是说，一块地盘世世代代都属于同一个家族所有，天子是没法直接指挥人家的。这样就会出现一个问题：等到天子软弱无能，诸侯精明强干的时候，各地的诸侯们就开始野心膨胀了。老大谁不想当呢？孙悟空还说过"皇帝轮流做，明年到我家"呢。大家都想当老大，就只能开始混战，我们常常说的"春秋五霸""战国七雄"，就是这样打架打出来的。

秦始皇打赢了别的诸侯，当了老大，他就开始担心了。担心什么呢？很简单，担心周天子的今天就是自己的明天。万一自己的后代里出一个软弱无能的不肖子孙，岂不是要把辛辛苦苦打下来的江山拱手送给别人吗？那怎么办呢？他想出了一个办法——压制地方，让诸侯没有机会壮大实力。郡县制就是这么来的，从此以后，朝廷开始派遣官员到地方去进行治理，而且不再允许地方豢养军队，制定赋税，这样，国家的权力就被收归到中央政府手中了。

好了，我们言归正传。夏、商、周是我国古代最早的三个朝代，周朝末年，天子软弱，以至于诸侯割据，群雄并起，这就是春秋和战国。战国时期，又有秦王嬴政一统六国，建立了强盛的秦朝。《封神演义》的故事发生在夏商周时期，这正是分封制最为盛行的时期。这样，纣王与武王的关系就很好理解了：纣王是商天子，而武王是诸侯王，他们两人是君与臣的关系。武王的封地在西岐，也就是今天的陕西省附近。

那么武王为什么要伐纣呢？正如我们之前所说的那样，实力强大了所以野心膨胀了吗？是，也不是。任何事物的发展都是有一个过程的，在商末周初的时候，绝大部分诸侯王还没有与天子叫板的实力，当然，也没有那个胆量。就像《诗经》里说的："普天之下，莫非王土；率土之滨，莫非王臣。"这时候，诸侯们对待天子的态度还是相当尊敬的。这就怪了，既然这么尊敬，造反又是怎么回事儿呢？说到这里，我们就得说说商纣王这个人了。

中国历史上有不少有名的暴君，夏桀、商纣、周幽、隋炀……不过，无论怎么排，商纣王肯定都会榜上有名。他暴虐到什么程度呢？宠幸美女、残害忠良、制造酷刑、搜刮民脂民膏……全都有份。《封神演义》里就给我们讲了许多典型的例子。比如，商纣王有一个特别宠幸的美人，叫作妲己，为了讨好妲己，他搜集天下的金银珠宝，盖了一座高楼，叫作"摘星楼"，又把大块大块的肉干悬挂起来做成森林，把美酒灌到池塘里，叫作"肉林酒池"，与妲己一同赏玩。

以我们今天的眼光来看，这好像没什么大不了的。纣王充其量就是审美猎奇了点，可是，怎么装修自家院子是人家的自由，也轮不到别人来指手画脚，不是吗？但是，在那个时代可就不一样了，那时候的社会生产水平还十分低下，老百姓连基本的温饱都满足不了。孟子讲到他的政治理想的时候就说过："五十者可以衣帛矣，七十者可以食肉矣。"全国老百姓，七十岁以上的才能有肉吃，而且，我们别忘了，这可是政治理想，也就是说，离变成现实还远着呢。而纣王呢，他装修院子花的是老百姓的钱，浪费的是老百姓救命的粮食。这样穷奢极欲，又怎么能不天怒人怨呢?

　　除了糟蹋民脂民膏,纣王还特别不把人命当回事。商朝有一位忠心耿耿的大臣叫作比干,人们都传言说,比干的心有七窍,所以才会这么聪明能干。纣王却不以为然,一次,比干说话的时候用词过激,惹恼了纣王,纣王便命手下将比干的心脏剖了出来,看一看是不是真的有七窍。又有一次,纣王与妲己看到一个老人和一个少年一起过河,少年冻得发抖,老人却若无其事。纣王十分惊讶,妲己便解释说:"老人的父母身体健壮,生下来的孩子骨髓满,精神足,所以即使已经老迈,也不怕冷;少年的父母身体孱弱,生下来的孩子骨髓少,所以少年反而怕冷。"纣王不相信,索性把老人和少年都抓了起来,敲断了他们的骨头,好看一看是不是真的与妲己说的一样。

　　纣王的所作所为激起了天下人的愤怒,他身边的大臣眼见朝政混乱,国家衰落,常常苦劝纣王疏远妲己,勤政爱民。为了堵住朝廷上下的悠悠之口,纣王又造出了两样酷刑来威慑群臣。这两样酷刑,一个叫作"炮烙",一个叫作"虿盆"。什么意思呢?"炮烙"就是一根烧红的大铜柱,把人绑到上面,就会活活烧成飞灰;"虿盆"就是一个装满毒蛇的大坑,把人扔进去,就会被蛇咬死。纣王在群臣上朝的大殿两侧立了两排"炮烙"用的大铜柱,天天都烧得滚烫,谁敢出言不逊,直接往上面一捆。试问,

草根文学的「逆袭」

大臣们跟着这么一个倒行逆施的君主，怎么能不离心离德呢？

君王失德，当臣子的忍无可忍，就可以竞争上岗，有道者居之。《封神演义》里几次提到，"君之视臣如手足，则臣视君如腹心；君之视臣如土芥，则臣视君如寇仇"，文王、武王作为商朝的臣子，干掉了自己的主君，为什么还能得到天下人的拥戴呢？他们依靠的就是这个以仁易暴、以有道伐无道的道理。从这个意义上说，《封神演义》与孟子"民贵君轻"的民本思想是不谋而合的，在现在看来也有一定的进步意义。

不过，如果只有这些，《封神演义》就不能叫《封神演义》了，得改成《商周演义》或《武王伐纣演义》之类的才行。封神封神，"神"从哪儿来呢？

当然是从天上来的。地上的凡人忙着打架，天上的神仙也没闲着，他们分成了两派，其中，支持商纣王的叫作"截教"，支持周武王的叫作"阐教"。于是，我们就会常常看到，双方的军队每次要打仗的时候，就纷纷请来神仙助阵，一会儿祭出法宝打得天地失色，一会儿摆下阵法招来飞沙走石。

事实上，我们之所以把《封神演义》归类到神魔小说而不是历史演义里，就是因为它的历史故事已经完全幻化、神化了——商朝覆灭是因为纣王得罪了女娲娘娘、妲己是狐狸精变的、姜子牙是阐教门下的弟子……在这里，历史事实已经与神奇的想象难分难舍、融为一体，时时都会激起我们的惊叹与惊喜。

除了光怪陆离的法宝，《封神演义》还塑造了一大批身负异能绝技的奇人异士，比如能靠肉翅飞行的雷震子、能在土中遁行的土行孙、脚踏风火轮的哪吒、葫芦里藏着宝剑的陆压，等等。其中不少人物性格鲜明、形象突出，又被后来的文学作品借用，衍生出了形形色色的新故事。在这之中，哪吒的故事可以说是改编最多、流传最广的了。

哪吒是何许人也？这个我们都知道，哪吒是托塔天王李靖的儿子。那李靖又是什么人呢？按《封神演义》的说法，李靖原本是商朝的一个军官，负责在陈塘关屯兵。李靖有三个儿子，老大叫金吒，老二叫木吒，到了第三个儿子的时候，李夫人怀胎怀了三年六个月，好不容易才生出一个大肉球，在屋里滴溜溜地乱滚。李靖大惊失色，一剑劈过去，肉球一分两半，里面跳出来一个腰缠混天绫、手持乾坤圈的小孩儿，哪吒就这样出世了。

哪吒何人也？惹祸精是也。他七岁的时候到海边去玩，玩累了要洗澡，偏偏没有毛巾，于是便从身上顺手一摸，摸出来一条混天绫。混天绫本来是仙家宝物，哪吒拿它当帕子蘸水，搅得海底飞沙走石。有人在家门口捣乱，龙王自然不干，他先派了巡海夜叉来查看，被哪吒飞起乾坤圈拍死了；又派了三太子敖丙来问罪，被哪吒打出原形，抽了龙筋。龙王勃然大怒，出了海底，要去天庭告状，这时候，哪吒悄悄跟在后面，一圈子打晕了龙王，再揭了龙鳞，逼迫对方息事宁人。龙王能息事宁人吗？自然不能。先假意服软稳住哪吒，然后一转身就搬上救兵，杀到李靖那里兴师问罪去了。

像这样的乱子还有很多起，按照我们今天的说法，这个哪吒就像江户川柯南一样，是个"灾难体质"。他洗个澡，打死了龙王三太子；射个箭，又射死了石矶娘娘的得意门生。长此以往，得罪的神仙太多，李靖一个小小总兵，不堪重负，父子之间的嫌隙就越来越深了。哪吒眼看事情无法收拾，便割肉还母、剔骨还父，斩断了与父母之间的血缘关系。

割肉剔骨何等惨烈，这个人岂不是要完蛋了？不用担心，哪吒是主角，主角当然没有那么容易死，他的灵魂飘到太乙真人那里，太乙真人妙手回春，又用莲叶和莲藕重新给他做了一副躯体。这下惹祸精又回来了，哪吒想起李靖的事，越想越生气，就时不时找李靖的麻烦，要打死他报仇。李靖被追得上天无路，入地无门，后来，好不容易碰到了另一个神仙燃灯道人，得到了一座宝塔，才能勉强压制住哪吒，这正是托塔天王宝塔从不离手的原因。

总的来说，《封神演义》讲的是两军对阵双方交战的故事。交战必然会有伤亡，有时候，一方布下一个威力巨大的阵法，另一方的将士猝不及防，陷入其中，便会成千上万地牺牲。

我们都知道，能被封神的只有阴魂，也就是说，姜子牙的封神榜上所记载的，全部都是在战争中牺牲的将士。在这个意义上说，一部《封神演义》，也是一部非常惨烈的血泪史。祭宝斗法、置阵破阵的场景固然瑰丽，但我们却往往不会想到，一场斗法过后，交战双方就该从活人变成阴灵，退场谢幕、等待封神了。可以说，每一次交战的背后，都付出了无数条生命的代价。

交战中阵亡的将士何止千万，但是封神榜上的位置是有数的。一共有多少个呢？不多不少正好365个，暗合周天之数。

那什么样的人能进封神榜呢？按照一般的想法，成王败寇，姜子牙搞的封神榜，肯定要提拔自己人吧！所以，有资格上榜的肯定都是周武王这边的重要人物，至多再把像比干这样因为触怒了纣王而无辜罹难的忠臣良将加进去。那么，事实是不是如此呢？

偏偏就不是。我们来看一看姜子牙的封神榜：排行榜第八位，率领二十四位护法天君的雷部首神，"九天应元雷神普化天尊"是什么人？是带着商朝兵马与周武王作对的一号人物，闻太师闻仲。而且人家闻太师还不愿意受封呢，书里说了，"毕竟他英风锐气，不肯让人，那里肯随柏鉴。子牙在台上看见香风一阵，云气盘旋，率领二十四位正神径闯至台下，也不跪"，还是姜子牙祭出了打神鞭，闻太师才勉强听话了。

闻太师好歹还能算是忠臣良将，虽然一味愚忠，助纣为虐，但至少自身的人品没什么问题，放到封神榜上也能说得过去。我们再看看：排行榜倒数第二和第三，号为"冰消瓦解之神"的又是什么人？是飞廉和恶来，商纣王身边的两个巧言令色的大奸臣、大恶人。这样的人凭什么也上榜呢？这还有天理吗？《封神演义》偏偏还真有一番理由：成汤气数已尽，周室当兴，所以这些小人作恶乃是承天受命，是顺应气数之所为，即使犯了罪过，死后也不必再受惩罚。

看到这里，我们就可以明显地看出《封神演义》在思想上的局限之处了。无论是历史大事，还是个人生死，它都归结为"宿命""气数"，换句话说，就是个人无论怎么努力都是没用的，因为一个人的命运早就在冥冥之中决定好了。按照这个逻辑，我们每天就什么都不用干了，躺在床上，困了睡觉，醒了发呆，反正饿死了也是"命中注定"嘛。这岂不是太荒唐了吗？

事实上，"宿命论"是迷信的产物，甚至是统治者愚弄老百姓的工具，如果听信所谓的"宿命论"，人就会变得不思进取，不懂反抗，也就会失去改变自己命运的机会和力量。

　　而这也提醒我们，在阅读明清小说的时候，要对书中的思想有所甄别，吸取其中有道理的部分，摒弃糟粕的部分。就像古人说的："尽信书不如无书。"只有具备辨别力和判断力的人，才能成为一个真正的好读者啊！

西门大官人为什么会乐极生悲？

——《金瓶梅》与《醒世姻缘传》

在我国古代小说史上，《金瓶梅》可以说得上是争议最大的一部作品了。它因为掺杂大量低俗描写而受人诟病，也因为角度新奇、笔触老到而为人称许；它曾被列为禁书，遭到上百年的禁毁，也曾深刻地影响了曹雪芹、吴敬梓、李汝珍等一代又一代的小说家，甚至开辟了世情小说这一全新的小说创作道路……无论怎么排列组合，《金瓶梅》似乎都是我们谈论明清小说时难以绕过的一个话题。我们该如何评价《金瓶梅》？又该从它的得失与浮沉之中吸取怎样的经验教训？可以说，如果无法很好地回答这些问题，那么我们对明清小说的认识也一定是不够全面的。

那么，《金瓶梅》究竟写了一个什么样的故事呢？它为什么会如此重要？

其实，一句话就可以概括它在创作上最显著的特点，这就是《金瓶梅词话序》中提到的"寄意于时俗"。换句话说，《金瓶梅》讲的就是普通社会中的平凡人的生活琐事。说到这里，大家可能都要发笑了：普通人的日常生活有什么可讲的？不就是家长里短、吃饭睡觉吗？写这种东西，也能写出世界名著吗？

还真能。要评价一部作品好不好，必须把它放到历史发展的脉络中去，评判的关键并不在于它的描写对象是不是"高端大气上档次"，而在于它是不是发掘出了新鲜的题材和主题，是不是比同类作品写得更加深入生动。在

《金瓶梅》之前，我们所能见到的都是传奇型的作品，无论是历史演义、英雄传奇还是神魔小说，讲的都是帝王将相和英雄人物的故事，是远离老百姓的现实生活的。到了《金瓶梅》，小说视角才第一次转向普通人的世界，从题材发展的角度来看，这是一次很大的开拓。

那么，小说创作为什么会从传奇型的作品开始呢？这是因为，最早的小说创作是从史书写作那里发展而来的。我国古代文学历来有重抒情而轻叙事的传统，说起写诗作文，人人都有两把刷子；可是说起讲故事，人人都像老虎吃刺猬——没处下嘴。其实，小说家们刚进入这个行当的时候，心里也是很犯愁的：究竟什么样的故事才能吸引读者呢？怎么讲故事才能吸引读者呢？闭门造车是很困难的，不过，聪明的小说家很快就想出了一个取巧的法子——我自己没有素材，可是，史书里有那么多奇人异事，这不都是现成的素材吗？直接搬过来用就好了呀！所以，早期的小说一般都是从历史故事里演化而来的。我们可以看得出来，从《三国演义》到《水浒传》，再到《西游记》，"讲史"的痕迹越变越淡了，而作家主观创造的成分则越变越多了。到了《金瓶梅》，史书这根"拐棍"终于被扔掉了，它是一部完全由作家自己独立创作的作品。

我们在开篇中说过，明代的四大小说类型就是历史演义、英雄传奇、神魔小说和世情小说，到了清朝，前三种小说类型渐趋衰靡，而世情小说则进一步发展，又衍生出了种种变体。作为世情小说的始祖，《金瓶梅》绝对是功不可没的。它对普通人生活世界的发现、对社会弊病的揭露与讽刺、对婚姻家庭问题的细致摹写等等，分别被不同的作家所继承，从而创造出了《红楼梦》《儒林外史》这样的杰出作品。

《金瓶梅》写普通人，不过，这里的普通人还不是一般的普通人，而是市民社会中的普通人。市民社会的形成与繁荣是我国历史上的一个重要事件，事实上，小说这种文学体裁的出现就与它有着密不可分的关系。而《金瓶梅》更是市民社会的直接产物，它的得失成败都可以从中找到深刻的根源，可谓是"成也萧何，败也萧何"。所以，在谈论关于《金瓶梅》的所有问题之前，我们得先弄明白所谓的"市民社会"是怎么一回事才行。

市民社会的兴起是商品经济的发展和大城市的繁荣所带来的结果。我们都知道，古代中国是一个以农业为基础的国家，皇帝要享受、官员要工作、军队要打仗，如果没人种地，他们碗里吃的米、身上穿的布都从哪儿来呢？农民供养着全国上下的人口，可以想象，如果农业出现问题，那么接下来要发生的恐怕就是饥荒、瘟疫、民变，这些无一不是会动摇国家统治的巨大灾难。所以，历朝历代的皇帝都非常重视农业生产，他们往往会实行"重农抑商"的政策，一方面鼓励耕织，尽可能增加粮食的产量；另一方面则贬抑商人，以防农民都跑出去经商，从而导致田地荒芜和粮价上涨的问题。

那么，这么做的效果好不好呢？应该说，在古代社会早期，还是比较有效的。毕竟，那时候的生产水平还十分低下，老百姓连肚子都吃不饱，哪里还有心思去积攒本钱做买卖呢？不过，随着生产工具变得越来越先进，农作物的产量也变得越来越大，等到人人家里都有了吃不完的粮食蔬菜、用不完的棉花布匹，商业活动的势头就怎么都压不住了。

说到这里，大家肯定又有问题了：农作物的产量增加和商业活动有什么关系？这难道不是风马牛不相及的两件事情吗？其实，这里的道理也很简单，因为一个地区不可能同时生产所有的农产品。比如，北方种小麦，南方种大米，那么北方人想吃大米的时候怎么办？难道要背着自家的小麦千里迢迢跑到南方去换大米吗？这未免太麻烦了。这时候，就有聪明人发现了这里边的商机：我以五个铜板一斤的价格收购北方吃不了的小麦，运到南方去，再以十个铜板一斤的价格卖出，岂不就可以白得中间的五个铜板吗？到了南方再收购当地吃不了的大米，运回北方去卖，又可以一斤白得五个铜板了。商人就这么出现了，不少人通过低价买进、高价卖出的方法，迅速地积累了大量的财富。渐渐地，交通要道汇集之处，就成了商业活动最频繁的地方，大量的商人、小贩、工匠和作坊主聚集在这里，盖起了住宅、店铺和作坊，这样，城市就慢慢形成了。

零星的商人当然不可能构成一个社会，但是，等到他们的数量急剧增加，聚居在一起，并且大量通婚的时候，就会渐渐形成一个与农民完全不同的阶层，创造出自己的思想观念、道德伦理和文化活动，这时候，市民社会就产生了。宋朝时，在汴京、临安这些大城市里，已经出现了比较有规模的市民阶层，我们在开篇中说过，"话本"这种最早的小说形式就是那个时候出现的。到了明朝中晚期，市民阶层的实力已经发展到了相当雄厚的地步，出现了富可敌国的大商人。

我们都知道，士农工商，商居最末，在古代中国，大家是瞧不起商人的，认为他们性情奸猾、重利轻义，不是可以信赖的朋友。在国家政策中也有许多针对商人的歧视性规定，比如商人的后代不允许做官，商人交税是别人的好几倍，商人不允许住好房子、穿高档衣料等等。试想，对于一个大商人来说，他家资巨万，金银珠宝堆成山，却偏偏没有一点政治地位，县太爷一个不高兴，随便罗织点罪名就可以抄没他的家产，他晚上睡觉能踏实得了吗？

于是，许多大商人就开始动脑筋了，他们一边及时行乐、纵情声色，一边投机钻营、寻找靠山。恰好这时候明

草根文学的「逆袭」

朝的政局正在走向腐朽，卖官鬻爵、行贿受贿的事层出不穷，也给这些大商人提供了许多可以钻的漏洞。这正是我们在《金瓶梅》这部小说中见到的情况，它的主人公西门庆就是一个典型的新兴商人，他开生药铺起家，靠贿赂官府、不法经商，在短短五六年间就成了腰缠万贯的豪商。

《金瓶梅》的书名是由潘金莲、李瓶儿和庞春梅这三位主要女性角色的名字合成的。看到"潘金莲"，读过《水浒传》的同学一定会感到很熟悉，这不就是武大郎的老婆、武松的嫂嫂吗？怎么又变成了《金瓶梅》的主角呢？没错，《金瓶梅》的故事梗概的确是从《水浒传》中借来的，不过，到了兰陵笑笑生这里，这个故事的题旨和意趣已经与施耐庵的版本完全不同了。

两个版本的开头基本是一致的，都是从潘金莲"美女配野兽"的悲催处境讲起的。潘金莲从小就长得花容月貌，擅长女红针黹，还能弹一手好琵琶。不幸的是，在那个时候，穷人家的女儿长得太漂亮并不是一件好事，她被卖到大户人家去做侍女，很快就因为姿色过人而受到了男主人的觊觎。男主人又老又丑，偏偏有权有势，他要强迫潘金莲做自己的小妾，潘金莲到底应该答应，还是不答应呢？

其实，答应和不答应的下场都差不多。如果不答应，男主人就会恼羞成怒，下场肯定是不会好的，但是，如果答应，女主人必定寝食难安，下场说不定就更惨了。事情的结果也是如此，两头不落好的潘金莲被扫地出门，大户人家存心报复，倒贴彩礼，逼着她嫁给了武大郎为妻。武大郎又是何许人也？我们看看他的外号就知道了，叫作"三寸丁谷树皮"。所谓"三寸丁谷树皮"，就是说，此人身材矮小，不成人形，而且面貌丑陋，又黑又糙。武大郎长相端不上台面也就算了，最让潘金莲接受不了的是，这个人为人也十分窝囊，他性情软弱，又没有一技之长，夫妻两个守着两间破屋子，以卖炊饼为生，日子过得紧巴巴，还总是被镇上的人欺负。

我们就想想吧，潘金莲从小就在大户人家里干活，虽然身份低下，但是锦衣玉食却是见惯了的。她向来自负美貌，还指望凭自己的长相嫁到富贵人家去过好日子呢，嫁了这么一个要啥没啥的丑夫君，这日子怎么能过得下去呢？世道的不公在这里就显露出来了：张大户夫妻作了孽，受害的是潘金莲，但是受害者却无力为自己伸张正义，只能挥刀向更弱者。最后，武大郎就成了食物链最底端的冤大头，他早出晚归，辛勤劳作，勤勤恳恳地供养着自己的妻子。可是潘金莲却毫不领情，不仅百般羞辱于他，还天天站在家门口搔首弄姿，只等找好了下家，就要想办法把他一脚踹开。

潘金莲的下家很快就出现了，这个人就是西门庆。我们之前说过，西门庆是一个胆大包天、罔顾王法的浮浪子弟，他仗着自己有权有势，常常以各种巧取豪夺的办法搜集美女以供享乐，家里最多的时候有六房妻妾共处一宅，外面还有数不清的"红颜知己"。潘金莲有意示好，西门庆了然于心，两人你来我往，很快就搭上了线，从此之后，便常常背着武大郎会面。

时间长了，武大郎老是隔在中间，就显得越来越碍事了。西门庆和潘金莲这就开始琢磨了：怎样才能铲除这个障碍，长长久久地做一对快活夫妻呢？他们想出的办法就是杀人灭口。从这里，我们也可以看得出这两人的心性之狠毒——于潘金莲而言，武大郎虽然配不上她，却一直竭尽所能地善待她，并没有对不起她的地方；于西门庆而言，他诱拐他人的妻子本来就理亏在先，却丝毫不觉得心虚，反而变本加厉，践踏人命。可以说，这些都为他们日后的凄惨下场埋下了隐患。

西门庆和潘金莲一副毒药毒死了武大郎，又重金贿赂仵作和县太爷，将武大郎的死因判为"心脏病发作暴死"，轻轻巧巧地躲过了司法制裁。到了这里，《水浒传》和《金瓶梅》的故事就开始出现分歧了：在《水浒传》中，武松回来发现哥哥死因蹊跷，便立即雷厉风行地查出了事实真相，杀死了奸夫淫妇为哥哥报仇；而在《金瓶梅》中，西门庆略施小计陷害了武松，将这位打虎好汉刺配到边疆，然后便娶了潘金莲过门，从此更加肆无忌惮，贪赃枉法、杀人害命、夺人妻女，在纵情声色的道路上越走越远，渐渐迷失了本心，成了一个横行霸道的恶棍。

受到《金瓶梅》的启发，小说家们开始将目光投向家庭生活与婚姻关系，清朝初年出现了一部小说，叫作《醒世姻缘传》，在题材、内容、思想、写法等方面都与《金瓶梅》有着有趣的相近之处。

《醒世姻缘传》讲的是一个姻缘轮回的故事。故事的男主角晁源是一个薄情寡义的浪荡子，他喜好游猎，曾经在打猎时射杀了一只已经修成人形的狐精；又宠妾灭妻，纵容小妾珍哥诬陷正妻计氏，致使计氏投缳自尽。晁源从小受到父母溺爱，养成了一副胆大妄为的心性，故此，虽然狐精与计氏的丧命之祸都或多或少与他有关，他却至死不曾悔改。

狐精和计氏无辜丧命，罪魁祸首却理直气壮，寿终正寝，两相对比，苦主又怎能善罢甘休呢？于是，等到晁源重新投胎、转世为狄希陈之后，狐精和计氏便各自转世，一个变成了狄希陈的大老婆薛素姐，一个变成了狄希陈的小老婆童寄姐。薛素姐、童寄姐性情乖戾凶悍，狄希陈的举动凡有出格之处，便会遭到残酷的扭打拷问，长此以往，狄希陈几乎成了一个行走着的"伤疤博物馆"。狄家二老领着自己备受折磨的儿子上天入地、想尽办法，却怎么也制服不了家里这两个武力值爆表的讨债鬼，最后，还是一位高僧心生怜悯，指点狄希陈虔诵《金刚经》一万遍，才终于帮助他化解了冤孽，从此过上正常人的生活。

《醒世姻缘传》是一部说教意味很重的作品，按照它的说法，狄希陈今生受尽折磨全是因为前世造孽太多，这显然是毫无道理的。我们只需要一个小小的问题就可以把它的逻辑变成一地鸡毛：请问这个掌管着六道轮回事宜、决定了狄希陈今生命运的"阎王殿"坐落在哪里呢？是在地心的岩浆里呢，还是在月球上的陨石坑里呢？其实，这里的"因果报应论"是一个不太高明的逻辑陷阱，如果我们相信"受苦是为了赎罪"，那么我们就不得不承认，一切试图改变现状的努力都是徒劳的。这就会导致一个结论——今生已经没救了，还是多念点儿佛经修修来生吧！如果人人都相信这一套，那么人类社会就永远无法进步了。

不过，有趣的是，不仅《醒世姻缘传》笃信因果报应，《金瓶梅》也是如此。在《金瓶梅》中，西门庆的生意越做越大，小妾越娶越多，赫赫扬扬，不可一世，可是却没能得意太久，反而在最显赫的时候暴病而亡，偌大的家业分崩离析。不仅如此，西门庆死后转世为孝哥，又在

第七章　西门大官人为什么会乐极生悲？——《金瓶梅》与《醒世姻缘传》

十五岁时被高僧点化，遁入空门，不知所终。这个结局与全书的正文形成了鲜明的反差，如果说结局冷却到了极点，那么正文恰恰沸腾到了极点。正文中，被反复摹写的正是欲望的力量，是欲望对人性的摆布和对人生的掌控。

兰陵笑笑生为什么要为他的"西门大官人"安排这样一个结局呢？为什么没有让他平平安安地活到结尾、一直做一个横行无忌的恶棍呢？恐怕，两部作品的作者已经发现了一个问题：放任欲望、肆意妄为的结果只可能是自我毁灭，正是出于这个原因，他们才为主角安排了"由色入空"的结局，让他们由欲望的极度沸腾转向了极度冷却。

其实，《金瓶梅》有一个非常突出的特点，就是着意于"暴露"。我们将《三国演义》《水浒传》《西游记》与《金瓶梅》做一下对比就会发现，前三部小说的主角都是明君贤臣和英雄豪杰，是正面人物，作者往往把他们塑造成某种理想的化身，对他们的嘉言懿行大加称颂。与此相反，《金瓶梅》的主角却是欲壑难填的恶霸和狠毒放荡的坏女人，作者以一种客观而冷峻的笔触如实记录了人性的阴暗之处，描画出一幅末世社会中善恶颠倒、是非扭曲、藏污纳垢、魑魅横行的真实图景，也深刻地揭示了主人公们在无穷无尽的欲望的驱使下逐渐异化、走向毁灭的可悲命运。有人说："《金瓶梅》是一部哀书。"这个评价是有一定道理的。

然而，遁入空门并不能成为解决一切问题的良药，毕竟，我们在现实生活中还有太多无法割舍的东西。对于西门庆、狄希陈们来说，正确的出路究竟在何方呢？等到合上书卷的时候，这个问题就是需要我们去思考的了。

第八章

古代的女子真的都是三贞九烈吗？

——"三言二拍"

明朝中晚期是小说创作的一个高峰时期。这时候，大明朝已经太太平平地过去了一百多年，国家安定，风调雨顺，老百姓家的墙洞里也就渐渐积攒起了一些银两。有了余财，大家就不再满足于简单的吃饱穿暖了，还想要丰富一下自己的精神生活。于是，在京、津、苏、杭这样的大城市里，形形色色的娱乐活动就多起来了，酒楼、茶馆里常常人头攒动，说书先生一拍惊堂木，下面就掌声如雷。

这下子，许多科举考试考不过的落魄文人都开始心中羡慕了：嘀，卖艺的都赚翻了，没道理我们这些读书的还吃糠咽菜过日子呀？反正中举做官也是没影子的事儿，不如还是写点话本，先填饱肚子再说吧！这样，读书人就开始大规模地参与到小说的创作之中来了。文人的加入使小说的体制、内容、视角、风格等各方面都发生了变化，自此之后，小说这种文学体裁就变得越来越成熟了。在这之中，最大的一个变化就是，小说不再需要依赖集体的力量才能成书，像《三国演义》《水浒传》《西游记》那样的世代累积型的作品变得越来越少，由同一个作者独立创作的作品则越来越多了。

文人独立创作有一个好处，就是可以避免书中出现前言不搭后语的情况。要知道，说书人说书的时候是没有固定的故事底本的，他们常常根据听众的反应临场发挥，这里添个枝儿，那里加个叶儿，时间长了，经验多了，每个说书人都会有那么几段自己讲得特别拿手的故事，这时候，这几段故事可能已经与底本上的样子大不相同了。《三国演义》《水浒传》这些小说虽然都是在明代成书的，但是它们的故事底本基本上在宋代就出现了。故事讲了几百年，无数的说书人都对小说的最终形成做出过贡献，张三编一段三顾茅庐，李四编一段草船借箭，等到文人把这些不同的故事底本整合、润色，再刊印成书的时候，小说才会变成我们今天看到的样子。

张三也编故事，李四也编故事，两人又从来没有商量过，这样，问题就出现了：咦，三顾茅庐在先，草船借箭在后，可是诸葛亮的年纪怎么越变越小了呢？或者，上一章诸葛亮还在南阳高卧，怎么下一章就跑到东吴去和鲁肃喝酒了呢？这些还是小问题，如果张三是个正统派，李四是个革新派，又该怎么办呢？书里一会儿骂曹操，一会儿骂刘备，读者到底该听谁的？

所以，世代累积型小说的艺术水平往往会受到限制，容易出现结构单一、冗长重复、主旨不明之类的问题。而独立创作型的小说就要好一些，作者可以在总体上把握故事的脉络和走向，故事就编得圆了。渐渐地，小说的情节变得更复杂了，人物变得更立体了，思想变得更高妙了，总体水平也就发生了飞跃式的进步。明代的四大奇书里，《金瓶梅》的文学水平为什么比另外三部都高呢？这与它在创作模式上的变化是分不开的。

长篇有《金瓶梅》，短篇也没有落下，明朝中后期，白话短篇小说的水平达到了我国历史上的最高峰，其中，最有代表性的作品就是"三言"和"二拍"了。"三言""二拍"都是简称，指代的是由两位作家创作的五部不同的作品。其中，"三言"是指冯梦龙的《喻世明言》《警世通言》《醒世恒言》；"二拍"是指凌濛初的《初刻拍案惊奇》和《二刻拍案惊奇》。

那么，"三言二拍"讲的是什么故事呢？

简单来说，讲的是市井社会的故事。上一章我们说过，明朝中晚期，随着手工业和商业的发展，市民阶层渐渐壮大了起来，《金瓶梅》的主角西门大官人，就是这个阶层的代表性人物。市民是小说最主要的生产者和消费者，他们的观念、审美、趣味越来越多地投射到小说之中，就对原本的儒家礼教观念造成了强烈的冲击。一个明显的表现就是，"存天理、灭人欲"的教条开始动摇了，人们感到，自己的很多欲望都应该是天然正当的，喜欢金银财宝并没有什么可耻之处，大胆向自己喜欢的人表达爱意也无可厚非。这种想法深深地影响了"三言二拍"的创作，我们可以看到，书中出现了大量的男女主人公大胆追求婚恋自主的爱情故事。

《醒世恒言》里讲的"乔太守乱点鸳鸯谱"就是一

个很好的例子。这个回目起得很有趣，鸳鸯谱点就点了，为什么又是"乱点"呢？原来，这里讲的是一个两家要结亲，却阴差阳错弄错了对象的故事。

故事里的两户人家一个姓刘，一个姓孙，分别有一儿一女。刘家的儿子与孙家的女儿自小就订了亲，长大之后是要结为夫妇的。可惜，天有不测风云，人有旦夕祸福，等到两个孩子年纪差不多了，马上就可以拜堂的时候，刘家的儿子得了重病，而且越病越重，眼看就要一命归西了。这下刘家的父母着急了：家里就这么一个男丁，他要是年纪轻轻地丧了命，老刘家岂不是要断了香火吗？不行，得想个办法再挽救一下。他们想出了什么办法呢？一招，叫作"冲喜"。

"冲喜"又是什么意思呢？这是我国古代的一种风水说法，意思就是，丧气事即将发生的时候，要赶快办点喜事，这样，喜气就会把晦气冲走，倒霉的事情也许就不会发生了。当然了，现代科学已经向我们证明，"喜气"和"晦气"这两种东西都是不存在的，所以，指望靠"冲喜"来避祸也根本就是没影子的事儿。不过，明朝的时候大家还是很相信这一套的，刘家人一看儿子不行了，就赶快跑到孙家去，三催四赶地催着两个孩子成亲。

孙家被瞒在鼓里，但是孙家的人也不是傻子，如果刘家没问题，他们干吗要这么着急呢？问题在于刘家太狡猾

草根文学的"逆袭"

了，找不到他们的证据。这可怎么办呢？孙老太太思来想去，就想出了一个"两全其美"的法子。她答应了婚事，但是，到了结婚的这一天，她没让女儿上花轿，却把儿子打扮起来，换上女装，让他代替妹妹先到刘家去。如果新郎官没问题，过几天再找个机会把女儿换过去。

这个法子机智吗？太机智了。但是老话说了："聪明反被聪明误。"花轿里的人一换，反而换出了祸事。怎么回事呢？原来，孙家的人心虚，刘家的人也心虚呀，刘大郎病成那样，等揭了盖头小夫妻一照面，新娘子怎么能善罢甘休呢？怎么办？刘家索性也换了人，把自己家的女儿叫出来，先叫女儿跟嫂子一起住，等儿子病好了再换回去。这下，两边的人都换了，新郎官的妹妹和新娘子的哥哥就这么阴差阳错地拜了堂，入了洞房。

刘大姐貌美如花，孙大郎英俊潇洒，两人见面之后，情意暗生，索性就借此机会假戏真做，也没再声张。但是纸毕竟是包不住火的，过了一段时间，刘大郎的病好转了，刘家父母想把新郎官再换回去，这一换，事情就败露了。刘家老太太当场就惊得昏了过去，醒来之后，二话没说，直接把孙家告上了衙门。而刘大姐本身也是有婚约在身的，那家人一看，哟，你家说好了把女儿嫁给我儿子，现在婚还没结呢，竟然就跟别的男人暗通款曲，这还了得？也把刘家告上了衙门。

三家人到了衙门上争吵不休，太守到底该怎么断这个案子呢？

　　按礼教的规矩来说，青年男女的婚事必须听从"父母之命，媒妁之言"，私自恋爱是绝对不允许的。对于女子来说，还有关于"贞节"的严厉要求，所谓"烈女不侍二夫"，不仅寡妇不能再嫁，没嫁人的女子如果未婚夫去世了，也要守"望门寡"，要自杀殉节，或者到寺庙里去做尼姑。这种风气愈演愈烈，到了后来，不小心被陌生男子调戏了也不可以了，被人碰了胳膊就要砍掉胳膊，碰了腿就要砍掉腿。这些都不是传说，而是历史上真实发生过的事情。

　　如果这么说，刘大姐和孙大郎这种情况就属于私自恋爱，而且刘大姐未婚失贞，是应该被严厉惩处的。但是他们冤不冤呢？简直冤枉到家了。好在乔太守是一个开明的太守，他没有按礼法来断这个案子，而是法外容情，判孙刘两家的两对有情人各自成婚，各家都不许再私自寻仇。那刘大姐的未婚夫该怎么办呢？恰好，孙大郎还有一个未婚妻，两人也很般配，乔太守就把他们俩给撮合到了一起。这样，一桩悲剧都没有发生，大家都高高兴兴地回家去了。

　　像这样的故事"三言二拍"里写了不少，比如，"卖油郎独占花魁"里，花魁不甘心沦落风尘，她精心筹划，

草根文学的「逆袭」

自己给自己选了一个称心如意的夫婿，又设巧计从老鸨的监控中脱身，从此过上了夫妇相敬如宾的幸福生活。又如，"宿香亭张浩遇莺莺"里，少女莺莺与书生张浩私订盟约，可是张浩却为父母所迫另娶了他人，莺莺没有就此认命，而是大胆地告之于官府，要求"礼顺人情"，而官府非但没有治莺莺婚前失贞之罪，反而成全了她与张浩的婚事。在明朝中晚期之前，这些故事几乎都是不可想象的。

除了肯定青年男女们自主追求爱情的行为，"三言二拍"还体现出了相当可贵的平等意识，作者不再把女子视为男子的财产、玩物，而是尊重她们的人格尊严，对她们反抗不公待遇的举动也表示了支持和赞赏。比如，"杜十娘怒沉百宝箱"这个故事里，就塑造了一个非常光彩照人的女性形象。

杜十娘与"卖油郎独占花魁"中的女主角一样，也是个花魁。两个故事的开头都差不多，女主角厌倦了迎来送往的生活，想要寻一个可靠之人，将自己的终身托付给他。不过，"卖油郎"的女主角是幸运的，她的爱人有情有义，两个人齐心协力渡过了难关；而杜十娘的爱人李甲却是一个摇摆不定的软弱之人，他辜负了十娘的一片情意，导致了悲剧的发生。

杜十娘赎身出来之后，就与李甲一起登上船，准备顺流而下，到苏、杭去住一段时间。这里就出现问题了：李甲的家并不在苏、杭，两个人为什么不回家去呢？其实，这其中的道理就与我们考试考砸了之后，也不敢拿着有鸭蛋的卷子回家一样。李甲出门来是为了求学的，可是他腰包里装着银子，不去寻访名师，却在妓院里挥霍光了。学问没到手，银子没剩下，倒是泡了个美眉带在身边，回家之后，李老爷子能答应吗？那必然是不能答应的。少说一顿竹板炒肉，搞不好还要被撵出家门，从此之后喝西北风过活了。

所以呢，李甲带着杜十娘在长江上漂荡，心里这个愁啊，就像李后主说的一样，"恰似一江春水向东流"。既不想回家挨打，又不想在外面挨饿，李甲怎么办呢？很快，给他排忧解难的人出现了。这个人叫作孙富，人如其名，家资巨富。杜十娘有一天掀开帘子倒水，被孙富看见了，从那以后，孙富的心里天天就像长满了草一样，非得把杜十娘弄到手不可。怎么弄到手呢？他的法子就是用钱开道。

他就去找李甲，摆出一副推心置腹的样子跟他说："老兄啊，你的处境堪忧啊！"这句开场白我们在《三国演义》里经常看到，这一般是谋士们开始忽悠人的前奏。李甲果然被忽悠了，就问他："我怎么堪忧呢？"孙富就说："你看你出门一趟，散尽千金就带了个女人回

草根文学的「逆袭」

去，你家可是高门大户，你父母能同意你娶一个风尘女子吗？亲戚朋友肯定也会笑话你的。恐怕你进家门之日，就是父子恩断义绝之日啊！"李甲果然很害怕，就拉着孙富的袖子叫道："求先生救我啊！"孙富就说了："我就做一回好人救你一命好了。这样吧，你把杜十娘卖给我，我给你一千两银子，这样，你不就可以风风光光地回家去了吗？"李甲一听，果然妙计，顿时把什么杜十娘、李十娘都抛到了脑后，两人一拍即合，都十分满意。

杜十娘相当于是李甲花钱买来的女人，按照当时的律法，李甲再把她卖给别人也是合法的，至于杜十娘本人的意见，一点都不重要，是不会有人在乎的。这也正是旧社会贱籍女子的可悲之处了，很多事情她都身不由己，是没法给自己做主的。这时候，杜十娘该怎么办呢？是忍气吞声，跟着孙富好好过日子，还是哀求李甲，求他不要把自己卖给别人？对于绝大多数女子来说，在那个处境里，只有这两个选择。不过杜十娘不一样，她还有一条路可以走：李甲卖了她主要是因为没钱，但是李甲不知道，杜十娘并不是两手空空跟他出来的，她的妆匣里收藏着许多宝物，价值难以计数。杜十娘只要把妆匣打开，李甲马上就会改变主意。

十娘是怎么做的呢？她打开了妆匣。但是她没有捧着宝物跟负心郎求和，而是把抽屉一层一层地拉出来，把东

三言二拍

西一层一层地倒空，指着李甲的鼻子痛骂了他一顿，然后便往江中一跳，以最决绝的方式为自己这段短暂的感情画上了句号。

以儒家的标准，富贵不能淫，贫贱不能移，威武不能屈，这样的人就是"君子"，是有气节的最高典范。杜十娘不过是一个风尘贱籍女子，但是她的气节却可以与君子媲美，与她相比，出身高贵的李甲、腰缠万贯的孙富，全部都变得黯然失色，不值一提。我们能看得出来，"杜十娘怒沉百宝箱"这个故事里，已经出现了相当尖锐的叛逆思想：高门大户不见得德行相配，风尘女子也不见得寡廉鲜耻，男子不见得强，女子不见得弱，最为重要的，捍卫自己的爱情和尊严被描写成了最高贵的行为，比"三贞九烈"更受人称道。可以说，这些颠覆性的思想正是"三言二拍"留给我们的最宝贵的遗产，尽管已经相隔数百年，仍然可以深深地触动我们的心弦。

第九章

为什么都是穷书生配官小姐？
——"才子佳人"小说

很多时候，皇帝不务正业对于小说的发展来说是一件好事，但是，对于国家社稷来说，这就是一件大大的坏事了。晚明时候，皇帝要么忙着修仙炼道，要么忙着搜集美女，一连几十年不上朝、不看奏折都是常有的事情。那这么多政务积压着怎么办呢？皇帝也有办法，他就找来身边的大太监给自己代劳。奏折这么一转手，漏洞就来了：大太监有很多个，这么好的差事，究竟谁来接手呢？自然是谁能讨皇帝的喜欢谁就机会更大。那什么样的太监能讨皇帝的喜欢呢？当然是会溜须的、会拍马的、会斗鸡走狗的。这样的太监能批得好奏折吗？结果可想而知。

所以，明朝中晚期看似社会繁荣、歌舞升平，实际上却是一个全国一起坐在火药桶上的时期。等到李自成举起了农民起义的大旗，吴三桂又放了清兵入关，这个火药桶就"嘭"的一声爆炸了。崇祯皇帝走投无路，只好跑到煤山上去上吊，而大明朝二百七十多年的国祚，也就这样走到了尽头。清朝建立了起来，这时候，对文化思想的监控和压制就又变得严厉了。

其实，清朝初期的统治者之所以实行文化高压政策，主要是为了遏制反清复明的运动。我们知道，清朝是一个少数民族建立的朝代，满族和汉族的风俗文化不同，自然就带来了重重的矛盾冲突。比如，满族要剃发，而汉族向来讲究"身体发肤受之父母"，儒家又有对气节的要求，所谓"舍生取义""杀身成仁",所以,儒生们对清朝统治的反抗是极其激烈的。清朝皇帝担心自己的龙椅坐不稳,对待汉族儒生的态度就更加警惕。经过几次严查和清洗,反抗活动慢慢平息了下去,与此同时,晚明时期流行起来的那股反对礼教、纵情声色的风潮也就烟消云散了。

风头变紧了,《金瓶梅》和"三言二拍"没人敢写了,那么取而代之的是什么呢?最主要的就是才子佳人小说。顾名思义,才子佳人小说写的是书生和美女的爱情故事:书生才高八斗,佳人才貌双全,两人男未娶女未嫁,都想要寻找一个能够与自己匹配的伴侣。于是两人就开始行动了,要么是男方出门访求佳人,"游婚姻之学";要么是女方公开向社会征婚,以才选婿,总之,才子和佳人互相结识,两人你写诗我和诗,你出联我对句,逐渐由惺惺相惜之意发展到男女爱慕之情,有意要结为夫妇。

但是,才子毕竟是穷书生,无权无势,而佳人又美貌倾城,身边难免围绕着狂蜂浪蝶,等到两人彼此郎有情妾有意的时候,就有小人出来捣乱了。经过小人的一番陷害,才子与佳人被迫分离,受尽种种颠沛流离之苦。好在两人都坚贞不渝,几番波折之后,才子金榜题名,受到天子的赏识,于是,皇帝亲自出马,才子佳人奉旨成婚,故事以大团圆结局告终。

这样的小说在清初的时候风靡全国,其国民度之高,恐怕比起今天的《还珠格格》《情深深雨濛濛》也毫不逊色。而且，才子佳人小说的总体数量也非常大，远远胜过其他种类的小说。说到这儿，我就有一个小问题要问问大家了：请问我们所熟知的哪部小说是才子佳人小说呢？可以随便列举几个书名给我吗？

我猜，这个问题应该可以难倒不少英雄好汉。不过这并不是因为我们孤陋寡闻，事实上，今天我们到书店里去逛，"古代文学"的那个架子上，基本上是没有什么才子佳人小说的。这就是怪事了，毕竟，才子佳人小说好歹也是清朝初期的一大小说流派，现在怎么销声匿迹了呢？这不就像言情里没有琼瑶、武侠里没有金庸一样吗？

其实原因也很简单，因为才子佳人小说的水平不高。曹雪芹就在《红楼梦》里批评过好几次，我们来看看他是怎么说的：

贾母笑道："这些书就是一套子，左不过是些佳人才子，最没趣儿。把人家女儿说的这么坏，还说是'佳人'！编的连影儿也没有了。开口都是乡绅门第，父亲不是尚书，就是宰相。一个小姐，必是爱如珍宝。这小姐必是通文知礼，无所不晓，竟是'绝代佳人'，只见了一个清俊男人，不管是亲是友，想起他的终身大事来，父母也忘了，书也忘了，鬼不成鬼，贼不成贼，那一点儿像个佳人？就是满腹文章，做出这样事来，也算不得是佳人了。比如一个男人家，满腹的文章，去做贼，难道那王法看他是个才子就不入贼情一案了不成？可知那编书的是自己堵自己的嘴。再者：既说是世宦书香大家子的小姐，又知礼读书，连夫人都知书识礼的，就是告老还家，自然奶妈子丫头伏侍小姐的人也不少，怎么这些书上，凡有这样的事，就只小姐和紧跟的一个丫头知道？你们想想，那些人都是管做什么的？可是前言不答后语了不是？"

贾母的这段评论还是很切中要害的，她指出了才子佳人小说的一个重大问题，就是人物设定与人物行为互相矛盾，往往难以自圆其说。这是怎么造成的呢？其实，最主要的原因是才子佳人小说的创作理念中存在着严重的内部矛盾。

从创作理念来看，才子佳人小说原本是为了宣扬符合儒家礼教的婚恋观，所以，它的男女主角总是"发乎情，止乎礼"，两人相识相爱是因为诗文这样的风流雅事，在相处的过程中也坚决不越雷池一步——没有肢体接触，不能单独照面，互赠礼物必须通过丫鬟传递，表达心意也一定要怎么含蓄怎么来。看起来，作者已经尽了最大努力来塑造符合礼教要求的"君子"和"淑女"，但是，我们别忘了，礼教的头一条规矩就是"父母之命，媒妁之言"，而才子佳人讲的是什么呢？是"才色相慕"的故事。从立意上看，这就已经不在礼教的规范之中了。

所以，才子佳人小说往往就要面对一种"踩钢丝"的窘境。一方面，它无法超出礼教的规范和束缚；另一方面，它又在向往着心有灵犀、自由自在的爱情。两方面难以调和，最后的结果就是捉襟见肘、顾此失彼。

当然，我们得承认，贾母的文学观念是很陈腐的，她并不明白，互相平等、互相尊重的爱情是良好婚姻的基础，夫妻二人如果没有感情，家庭生活是不可能经营得好的。所以，爱情也是人类所有感情中非常重要的一种，我们需要的是等到自己足够成熟以后，在正确观念的指导下好好经营属于自己的那份爱情，而不是简单粗暴地把它视为洪水猛兽。今天我们之所以抛弃了礼教的禁欲观念，就是因为，从根本上来说，它是非常违反人性的。从这个意义上说，才子佳人小说的思想境界是比不上"三言二拍"的，这不是因为它触犯了礼教，反而是因为它对礼教的反抗太不彻底了。

比较著名的才子佳人小说有《玉娇梨》《平山冷燕》《定情人》《春柳莺》《好逑传》等等。我们就以《定情人》为例看看才子佳人小说的"套路"：

故事讲道，从前，有一位才子双星不愿意听从母亲安排的婚事，就离开家门去寻访合乎心意的佳人。这一找还真被他找到了，在义父家借宿的时候，他认识了义父的女儿江蕊珠，两人互有好感，约定等双星中举之后完婚。双星解决了一桩心事，高高兴兴地去考试了，可是没想到，他这一走，蕊珠就出事了。

原来，有一个权门公子赫炎也看上了蕊珠的美貌，来向她求亲。可是他虽然有权有势，却无才无貌，蕊珠一点都不喜欢他。被狠狠地拒绝之后，赫炎就开始动坏心眼了。他想："既然我得不到你，我就让别人也得不到你。"正好这时候皇宫里在点选美貌的民间女子，赫炎走了个后门，把蕊珠也推荐了上去。蕊珠呢，是个坚贞的好女子，她在入宫的船走到半路的时候，找机会跳到江中，以死殉情了。不过好在主角福大命大，蕊珠没死成，她顺着江水漂流到一个地方，被一个老太太救起来了。这个老太太是谁呢？巧得很，就是双星的母亲。

这时候双星干什么去了呢？他中举了，考了个状元。于是，京城里的权贵就看上他了，准备把自己家的刁蛮女儿嫁给他。"榜下捉婿"这种事儿我们都听说过，电视剧里常演，双星非常"幸运"地碰上了这么一桩"飞来艳福"。双星心里有蕊珠呢，肯定也不能答应，但是权贵大人的面子是那么好伤的吗？于是他被派了一个苦差事，到海外出使去了。双星到了海外，九死一生，立了大功，好不容易才回来。回来了，也升官发财了，就到义父家去，准备履行承诺，跟蕊珠成亲。这时候义父就告诉他了：双星啊，蕊珠已经死了好久了。

那怎么办呢？义父也是一个守信的人，就说，虽然我大女儿死了，但是我还有一个二女儿，长得也挺漂亮的，我把她赔给你吧。双星没办法，大哭一场之后就答应了。就这样，双星成了亲。成亲之后该回家了，他带着新婚妻子回家去，到了家门口，"砰砰砰"一敲门，出来开门的是谁呢？是顺着江水流落到这里的蕊珠。

这一下，所有的人都和他们的小伙伴一起惊呆了。怎么办？一个是没死的未婚妻，一个是刚娶的老婆，双星该放弃哪一个呢？这个难题如果放到今天，肯定是不容易解决的。不过幸福的男人双星哪一个都不用放弃，因为我国古代社会是允许一个男人娶好几个妻子的。蕊珠和她妹妹互相谦让了一番，两人就此议定：都嫁给双星，效法娥皇女英，依旧姐妹相称。这样，三个人就在一起，从此过上了幸福的生活。

这个故事里面，与我们之前讲到的那些套路基本上都有了：才色相慕、小人作乱、双方守信、才子中举、终成眷属。实际上，这五条也是几乎所有才子佳人小说里都会出现的经典情节。尽管小人作乱的手法千差万别，才子佳人经历的磨难也迥然相异，但是所有故事的开头和结局基本上都是一模一样的。

有人就编了一条顺口溜来调侃才子佳人小说的套路："才子佳人相见欢，私订终身后花园。落难公子中状元，奉旨成婚大团圆。"这样的小说好不好看呢？我们得承认，应该还是有一定看头的。毕竟，事实摆在那里，清朝的人民群众已经以他们的实际阅读量和购买力向我们证明过了。但是这样的小说槽点多不多呢？实在是太多了。

试想，现实生活中我们见过几个"闭月羞花，沉鱼落雁，体态幽娴，性情端雅，琴棋书画，女红针黹，无所不通，无所不会"的佳人？又见过几个"貌比潘安，才如子建，山川秀气，直萃其躬，锦绣文心，有如其面"的才子？如果才子佳人真有作者说的那么好，以他们二人的聪明智慧，怎么还识不破一个小人的阴谋诡计呢？难道才子佳人还没有小人的智商高吗？另外，落难公子多的是，有多少人能中状元呢？状元倒也多的是，又有几个能得到皇帝的青睐，还"奉旨成婚"呢？这皇帝也太能管闲事了吧！对不对？

槽点太多，无从吐起，我们索性也就别跟作者计较了。这里还有一个十分有趣的现象倒是值得寻思的：如果仔细研究才子和佳人的身份地位，我们就会发现，十部才子佳人小说里，总有那么六七部里的才子，要么一穷二白、家里只有一个脑袋两只手；要么父母双亡、亲戚狠毒，被害得走投无路；要么就是祖上曾经显贵过，但是现在已经落魄了。可是十部小说里，有一部算一部，佳人家里都特别显贵，高门大户，穿金戴银。这就有意思了，全是穷书生配官小姐，怎么就没有一部是白马王子配灰姑娘呢？

为什么？其实答案特别简单，因为所有的才子佳人小说都是穷书生写的。曹雪芹先生是一个特别犀利的人，他批评才子佳人小说的时候，不仅一针戳中了这类书最大的槽点，而且还准确地找到了作者的痛脚，噼里啪啦地给人家来了一通批判。我们再来看看他是怎么说的：

众人听了，都笑说："老太太这一说，是谎都批出来了。"贾母笑道："有个原故：编这样书的人，有一等妒人家富贵的，或者有求不遂心，所以编出来污秽人家。再有一等人，他自己看了这些书，看邪了，想着得一个佳人才好，所以编出来取乐儿。他何尝知道那世宦读书人家儿的道理！别说那书上那些大家子，如今眼下拿着咱们这中等人家说起，也没那样的事。别叫他诌掉了下巴颏子罢。"

贾母这话是什么意思呢？其实就是说，这些写才子佳人的穷书生啊，一辈子也没见过人家高门大户里的小姐是什么样儿的。他们一辈子天天读书，要参加科举考试，可

草根文学的「逆袭」

是却次次落第，怎么考也考不上。日子过得穷酸，又没什么前途，自然也不会有什么好女人愿意嫁给他。倒霉催地娶了一个河东狮回去，一边儿挨着骂，一边儿啃冷馒头，啃着啃着就在那儿想：唉，我才高八斗，可是却时运不济，要是有一个富贵风流的美貌姑娘能赏识我的才华，拉我这么一把，我不就可以中举了吗？等中了举之后，夫荣妻贵，又该是多么风光呢！他们把这些白日梦写成小说，才子佳人的故事就这么创造出来了。

换句话说，才子佳人小说其实就是古代宅男臆想出来的产物，是"草根逆袭，出任CEO（首席执行官），迎娶白富美，走上人生巅峰"的古代文言版。

曹雪芹这张嘴多毒啊。可是他厉害就厉害在，他不仅会寒碜别人，还会自己上，他能写出更好的作品，以此证明才子佳人小说都是不值得一提的烂作品。这样他的腰杆子就硬了，骂人的话也说得有底气。可以说，自《红楼梦》一出，才子佳人小说果然被比得黯然无光了，今天的读者和研究者很少再对才子佳人小说感兴趣，与《红楼梦》珠玉在前是有一定的关系的。

不过，才子佳人小说在中国文学史上的评价不高，在外国却反而引起了好评。著名的德国大文豪歌德就曾经对自己的学生说：我最近看了一部神奇的中国作品，这部作品里的那种境界真是太让我神往了，那里的男人坚贞守信，女人温柔聪明，人们总是自觉遵守道德的要求来行事，从来都不会过度放纵自己的感情。这是一部比我们的文学"更明朗，更纯洁，更合于道德"的作品。他说的是哪部小说呢？是《好逑传》。

看到这儿，我们可能都要哈哈大笑了。还"更合于道德"，难道大文豪真的以为我国的妇女群众在自家后院里是"姐姐妹妹"和睦相处，从来都不搞宅斗的吗？恐怕只有完全不了解我国国情的人，才能得出这么天真可爱的判断吧！不过，这也正是跨文化交流的魅力所在了，文化之间的"误读"又带来了"悟读"，在理解与误解的张力之中，新的思想就碰撞出来了。如果《好逑传》的作者知道他的思想还曾经漂洋过海，启发过远方的友人，也一定会会心一笑，感到非常高兴的。

妖精为什么都是狐狸变的？

——《聊斋志异》

如果我们把所有的明清小说都买回家放到一起，随便在里面翻一翻，就会发现一件有趣的事情：这些小说使用的语言可以明显分成两大类，有的是用白话文写的，有的是用文言文写的。白话文那一类占据着绝对的优势，数量庞大，质量突出，我们所熟知的绝大部分明清小说，比如四大名著、《金瓶梅》、"三言二拍"之类的，都属于这支队伍。而另一支队伍里的成员就少得多了，只有区区几种，而且除了《聊斋志异》和《阅微草堂笔记》，别的似乎都不是特别有名。

　　《阅微草堂笔记》本来就是《聊斋志异》流行起来之后的跟风之作，我们先不说它。这么一看，《聊斋志异》这本书简直太特立独行了，别人都用白话文写书，蒲松龄怎么想起来用文言文了呢？这就好比白鸽子群里飞进来一只黑乌鸦一样，人家举目一瞧，第一眼瞧见的就是它，想不高调都不行。难道这位蒲老爷子竟然这么狡猾，故意把书写成这样来吸引读者的注意吗？

　　这倒真没有。我们有一个非常有说服力的证据可以证明这一点：在蒲松龄生前，《聊斋志异》只有手抄本，根本就没能刊印成书向社会发行。换句话说，作者写书主要还是为了自娱自乐，他都没打算给人看，当然就更谈不上故意吸引读者了。但是，这样不就更奇怪了吗？我们都知道，写书是一件非常耗费时间的事情，曹雪芹写《红

草根文学的「逆袭」

112

楼梦》，曾经"披阅十载，增删五次"，如果书写完了却卖不出去，作者肯定是要穷困潦倒的。那蒲松龄又为什么要花费数十年的时间，写一本没有出版的《聊斋志异》呢？

要回答这个问题，我们得从作者的生平说起。

蒲松龄出身于书香门第，他祖上世代科举，出了许许多多的读书人。受到家风的影响，蒲松龄从小就乖乖在家读书，他的人生理想跟古代的绝大部分读书人一样，都是"金榜题名、出将入相、封妻荫子"的三步走计划。可是，科举考试不是那么容易通过的，全国士子成千上万，每次能被录取的不过二三百人，这个难度不亚于我们今天想考上"985"或"211"。更何况，到了清朝的时候，科举取士制度已经渐渐走向腐朽，考官的文化水平和人品修养每况愈下，徇私舞弊、胡乱判卷的情况层出不穷，像蒲松龄这样既没钱送礼，又没有门路托关系的读书人，自然就要大大地糟糕了。

科举考试总也考不上，那该怎么办呢？有些人索性就不考了，换个别的营生，或是种地，或是做买卖，再不济还可以上茶馆里写话本去。但是，还有一些人特别执着，或者说特别死心眼，他就认准了"学而优则仕"这条路，屡战屡败，屡败屡战，一条路跑到黑，最后就这么考试考了一辈子。

蒲松龄就是这后一种人。正式的科举考试一共有三道坎儿，乡试、会试、殿试，在参加乡试之前还要先过童生试，取得生员资格。蒲松龄十九岁的时候就过了童生试，但是很快就在乡试这一关卡住了。他家里又没什么家底，经不起坐吃山空，没办法，只好平时到有钱人家做教书先生，等到了该考试的时候再收拾行囊去赴试。科举考试三年举行一次，从二十多岁到七十多岁，他少说也参加了十几次，次次都失望而归。

　　可以说，蒲松龄的一生是相当清苦而寂寞的，他常年离家，寄人篱下，郁郁不得志，对于一个人的心灵来说，这些都是非常严酷的考验。而《聊斋志异》正是他在教书的余暇中，为排遣心中的苦闷所作，其中不仅饱含着作者半生所积郁的沉郁不平之气，也寄托了他对人间一切美好、欢乐与幸福的向往之情。

　　说到这里，我们就可以试着回答"《聊斋志异》为什么是用文言文写的"这个问题了，因为它原本就不是写给市民阶层看的呀！这样，作者自然就不会去考虑读者能不能接受文言文的问题了。我们之前说过，白话小说是从说书人的话本中脱胎出来的，是城市和市民阶层兴起的产物，从诞生的时候开始，它就与表演、娱乐和消遣非常紧密地结合在一起。而《聊斋志异》则来源于中国古代文学的另一个传统，我们把它放到白话小说的脉络中来对比，自然就会显得非常不搭调了。

那么，问题又来了：《聊斋志异》的祖先是谁？它来自于古代文学的哪个传统呢？

它来自于魏晋志怪小说和唐传奇的传统。《世说新语》我们应该都不陌生，像"乘兴而来，兴尽而返""未若柳絮因风起""小时了了，大未必佳"，这些故事都出自其中。我们今天常常说起的"魏晋风度"，也正是从这里得来的印象。《世说新语》这样的作品被我们称为"笔记小说"，它是由文人创作的，作者原本的目的并不是编一个好看的故事，而是信手记录一些生活中的趣事和读书感想。所以，它的文体一般也介乎散文和小说之间，文化味儿很浓，但是故事性并不强。

《世说新语》是志人小说，讲的是奇人异事，魏晋时期还有一种小说专门讲各种神神鬼鬼的怪事，比如狐狸成精、女鬼报仇之类的，这就是志怪小说了。到了唐朝的时候，志人志怪小说的篇幅进一步扩充，情节变得更加丰富，人物形象变得更加丰满，形成了比较完整的故事，这些用文言文写成的故事就是所谓的"唐传奇"。我们比较一下志怪小说、唐传奇和《聊斋志异》，可以从各个方面找到非常多的共同点。鲁迅先生将《聊斋志异》称为"拟晋唐小说"，说它"用传奇法，而以志怪"，讲的正是这个意思。

其实，若论作者身份，《聊斋志异》的情况与才子佳人小说是很相似的，它们的作者都是在科举之路上苦苦挣扎的穷书生。我们从《聊斋志异》中也能找到一些蛛丝马迹，看得出来，两方面的作者对于理想女性和幸福人生的设想都是非常相似的。比如，《凤仙》这个故事就与才子佳人小说很有异曲同工之妙。

　　故事的开头很有蒲松龄的特色，说有一个穷书生，叫作刘赤水，他小时候很聪明，读书读得不错，可惜父母去世早，没人管教，渐渐地就把学业荒废了。刘赤水家里没什么钱，但是这个人生性喜好享受，家里的家具和陈设都十分精美。要知道，古代的时候，城市化的水平可没有我们今天这么高，像《金瓶梅》里那样繁华的大城市，全国也没有几个。穷书生一般都住在乡下，家里有几亩薄田，还有一座四面漏风的破房子，出门就是一大片一大片的野地。到了晚上，呼呼的风声吹过来，说不定还要夹杂上几声黄鼠狼的嚎叫声，是非常荒凉、非常瘆人的。所以，可想而知，刘赤水的家放在这样的环境里，就像黑暗的大海上矗立着一座灯塔一样，是相当鹤立鸡群的。

　　这么一鹤立鸡群，就把狐狸给招来了。《聊斋志异》里的狐狸也很有意思，都特别的人性化。按理说，妖怪应该就喜欢险恶的环境才对，越是穷山恶水，才越好施展法术嘛，对不对？但是《聊斋志异》里的狐狸却是一群喜欢享受的狐狸，它们就爱往有人烟的地方钻，蹭吃蹭住，多拿多占。有一个狐狸，注意，是女狐狸哦，一看刘赤水的床铺得又厚又软，就跑到他床上去睡觉，结果走的时候太着急，不小心把自己的绣鞋落下了。刘赤水呢，也是个登徒子，他回来发现了这双鞋子，就给人家藏起来了，等狐狸回来找他索还失物的时候，他就装傻充愣，怎么都不肯还给人家。最后狐狸被缠得没办法，就跟他说："我已经有夫婿了，不能跟你在一起，这样吧，我家小妹现在待字闺中，我把她介绍给你。"刘赤水大喜过望，还了鞋子，过了没几天，狐狸小妹果然如约来见他了。

狐狸小妹叫作凤仙，长得比姐姐还美，而且能诗善文，精通音律，刘赤水与她情投意合，两个人很快就变得如胶似漆，难分难舍。感情发展到一定的程度就要去见家长了，有一天，凤仙就对刘赤水说了："我家姐妹今天都要回家探亲，你也跟我一起去吧！"刘赤水当然满口答应，可是没想到，探亲探出事儿来了。这是怎么回事呢？

原来，凤仙的父母一共有三个女儿，都已经嫁人了。三个女婿坐到一起，一对比，就比出了高低上下。大女婿人物风流、文采过人，二女婿家境富贵、腰缠万贯，轮到三女婿，也就是刘赤水的时候，一个脑袋两只手，除了皮囊好看点，别的什么都没有。狐狸也和人一样嫌贫爱富，上桌吃饭的时候，老泰山有什么好果子好点心都先给二女

第十章　妖精为什么都是狐狸变的？——《聊斋志异》

婿吃，看都不看刘赤水一眼。这下凤仙的脸上还能挂得住吗？等这顿饭吃完了，小夫妻两个出了家门，凤仙就对自家没出息的夫婿说："刘郎啊刘郎，你可不能再这么荒废下去了。我要走了，你好好读书，什么时候书读好了，我再回来。"她掏出一面镜子塞给刘赤水，然后就"唰"地一下消失不见了。

现在，故事的高潮部分到来了。刘赤水形单影只地回了家，心中十分苦闷。他想起凤仙的嘱咐，就翻翻书柜，把"四书""五经"都找出来，开始使劲攻读。但是，大家还记得吗？我们的男主角是一个不爱学习的浪荡子，他这么点灯熬蜡地读了一个月，就受不了了，抛下书本，想要出门去玩耍。这可是一个危险的时刻，我们都知道，读书最怕的就是三天打鱼，两天晒网，书本这么一抛，一个月的工夫就付诸东流了。这时候，凤仙那面镜子就显示出了神奇的监督作用。

这镜子是干吗用的呢？原来，镜子里面立着一个人影，长得和真正的凤仙一模一样。刘赤水好好学习的时候，人影就会正面朝外、笑意盈盈；稍有懈怠之意，人影就会泫然若泣；几天不学习，人影就会转个身，把后背冲着他了。这就像写作业的时候老妈随时在后面举着鸡毛掸子盯着一样，让人一点都不敢轻举妄动，而且这个监督的人又是那么温柔，让人完全无法拒绝。凤仙的"温柔一刀"显示出了立竿见影的疗效，刘赤水从此之后脱胎换骨，变身学霸，不到两年就成功考取了功名。再然后呢，自然就是大团圆结局了，男主角功成名就，女主角又从镜子里面走了下来，两个人从此过上了幸福的生活。

说了这么多，这个故事到底讲的是什么呢？其实，简而言之，就是"穷书生在爱情的激励下发愤图强，实现理想，走上人生巅峰"的故事。这么看来，岂不就是才子佳人小说的奇幻志怪版吗？而且作者的审美趣味也十分相似，在蒲松龄笔下，理想的美人要"妍质清言"，既有美貌又有才学；理想的爱情要志趣相投，双方在弹琴、作诗、下棋等方面有共同爱好。这些都与才子佳人小说有很强的一致性。唯一的区别就是一边的女主角是大家闺秀，另一边的女主角是花妖狐鬼，仅此而已。可以说，穷书生的想法都是差不多的，尽管他们一个的成品是薯片，另一个的成品是薯条，但是下锅的食材都是属于同一个物种的。

不过，我们得承认，蒲松龄的文学成就可比才子佳人小说的那些作者强多了。毕竟，"聊斋志异"的大名如雷贯耳，可是谁听说过"玉娇梨"呢？这就有意思了，都是用土豆做的，凭什么一个卖5块钱一盘，另一个卖500块钱一盘呢？

原因很简单，因为加工的方式不同。才子佳人小说受人诟病有一个很重要的原因，就是它的情节和人物不合理，作者本人并没有见过高门大户是怎么行事的，强行编造就很容易出现牵强附会的问题。而蒲松龄的处理方式就巧妙得多了，他索性自己建造了一个神奇的虚幻世界，这样，所有的"假"和"不合理"都找到了正当借口，那些在现实生活中不被纲常名教所允许的东西就可以被轻易地容纳进去了。我们会去纠结狐仙该走着进门还是飘着进门的问题呢，还是会去挑剔海外仙山上长的某种植物在现实中不存在呢？当然都不会。最重要的，作者不必再费劲解释穷书生怎样才能找到一个理想的爱人，并且冲破阻碍与她结合的问题，笔墨腾出来了，更多的篇幅就放在了"极摹人情世态之歧，备写悲欢离合之致"上面，而这些正是《聊斋志异》中最精彩的部分。

其实，我们能看得出来，《聊斋志异》里的狐狸精与其说像狐狸，不如说像人，比如《凤仙》故事里的女主角，她的一言一行与规劝夫婿上进的普通人间女子又有什么不同呢？所谓的"凤仙"，不就是一个典型的贤妻良母形象吗？像这样的"好狐狸精"还有很多，比如在情郎家破人亡时回来雪中送炭的红玉、挺身而出救助友人的娇娜、天真烂漫不解世事的婴宁、大胆追求爱情的青凤……她们身上所凝聚的，正是作者对于人间美好事物与优秀品德的最高想象。

说到这里，大家肯定都已经注意到了，《聊斋志异》里的狐狸精与我们印象中的狐狸精是非常不同的。说起"狐狸精"，我们脑海里首先浮现出的恐怕是一个妖媚又邪恶的形象，比如《封神演义》里的妲己，她长得风情万种，可是却居心不良，蓄意接近无辜的人间男子，骗取他的爱情，然后便吸人精气、害人丧命，有时候还会搅得苦主家宅不宁，甚至引起战乱、亡国之类的祸事。

　　这样的想法其实也是有来历的。古代的时候，乡下是很荒凉的，老百姓住在田野之间，狐狸和黄鼠狼这种小型肉食动物往往是家中常客，像《聊斋志异》里那些狐狸蹭吃蹭住的故事，或多或少都是有生活原型的。与人接触得多了，动物也会变得通人性，看在人的眼里，就会觉得，"哎呀，这只狐狸是不是成精了呀？"你也这么说，我也这么说，说得多了，以讹传讹，"狐仙"的传说就不胫而走了。再加上人们对未知的事物总会怀有恐慌情绪，渐渐地，"狐仙"的身上就被附加了各种"神秘""可怕"的因素，狐狸精的形象就这样慢慢地成型了。

　　我们说《聊斋志异》的女主角是"花妖狐鬼"，这里面包含的种类其实是相当丰富的，有最典型的狐狸精，还有其他各种类型的动植物成精，比如鼠精、獐子精、蜜蜂精、菊花精……还有眷恋尘世的女鬼、向往人间的仙女甚至进化不完全的巨人……不胜枚举。但是，一说到"年轻貌美的女妖精"，我们第一个想到的肯定是狐狸精，不得不说，在这之中，蕴含着深刻的社会心理因素。

事实上，"狐狸精"这个形象的身上，投射出的是人类自己对于世界的认识。我们可以设想一下，如果我们是生活在古代的一个小孩子，听完"狐狸精害人"的故事，第一反应是什么？一定是"我长大以后要远离相貌美丽、举止放荡的男子/女子"。所以，说白了，"狐狸精"的故事是一个来自礼教的警告，它告诫我们要约束自己的行为，要"非礼勿言，非礼勿行"。其实，也正是出于这个原因，我们才说《聊斋志异》是一部有突破性的作品，它冲破了"狐狸精"这个形象在人们的思想中树立起来的藩篱，大胆地表达出了对美好爱情和幸福生活的向往之情。即使不论《聊斋志异》的艺术成就，这份不畏权威、勇于表达自身见解的精神也是一份非常可贵的精神遗产，直到今天，都是值得我们去学习的。

第十一章

历史上的纪晓岚也是 "铁齿铜牙"吗?

——《阅微草堂笔记》

说起纪晓岚，大家应该都不陌生了。自2000年电视剧《铁齿铜牙纪晓岚》开始热播，这个一边抽着烟袋，一边与贪官斗智斗勇的人物形象就像包公、海瑞一样，成了大家心中"清官"和"好官"的代名词。到了今天，《铁齿铜牙纪晓岚》已经上映十几年了，我们不仅熟知了"乾隆、和珅、纪晓岚"的铁三角关系，而且也已经在脑海中塑造出了一个属于我们自己的纪晓岚形象，他身上贴着许多标签，比如文思敏捷、诙谐善谑、疾恶如仇、刚正不阿，也许还有生活清贫、身材瘦削、单纯好骗……

不过，电视剧毕竟只是电视剧，在为"和珅的冤家纪晓岚"一时紧张、一时高兴的同时，我们心中也许就会冒出这样一些问题：历史上的纪晓岚是什么样的呢？他也像剧中的人物这么风趣幽默吗？他与和珅的真实关系又是怎样的呢？他们真的是一对政敌吗？

其实，电视剧至少有一点没说错，历史上的纪晓岚的确是非常诙谐的，清朝的许多文人笔记里都曾经提到过这一点，比如："纪文达公昀，喜诙谐，朝士多遭侮弄""献县纪相国善谐谑，人人共知""纪昀胸怀坦率、性好滑稽，然骤闻其语，近乎诙谐，过而思之，乃名言也"，等等。《清稗类钞》里还讲过一个纪晓岚巧对乾隆的故事，故事里，这位大学士风趣机变的性格可谓是表露无遗。

故事讲道，纪晓岚长得胖，夏天的时候特别怕热，他

草根文学的「逆袭」

在南书房里修《四库全书》，没外人的时候经常把上衣脱掉，光着膀子干活。有一天，就在他这么光着膀子干得热火朝天的时候，乾隆皇帝来视察了。这时候穿衣服也来不及了，该怎么办呢？总不能衣冠不整地见皇帝呀，君前失仪是要治罪的。大学士急中生智，钻到了御座底下，准备先在那儿避避风头，等皇帝走了再出来。

就这么等啊，等啊，一个小时过去了，两个小时也过去了，外面鸦雀无声，也不知道皇帝到底走了没有。椅子底下的纪晓岚热得汗出如浆，气喘吁吁，实在忍不住了，就把头伸出来悄悄问道："老头子走了吗？"这一问，自然是捅了马蜂窝，皇帝把他揪出来，问他："纪爱卿啊，你给朕说说，这个'老头子'是什么意思呢？说得好有赏，说得不好杀头。"

我们都知道，伴君如伴虎啊，此时皇帝似笑非笑，山雨欲来，纪大学士的脑袋可以说已经别在了裤腰带上，掉不掉得下来，全看接下来回答得怎么样了。只见纪晓岚不慌不忙地把帽子摘下来，向皇帝磕头道："万寿无疆之为'老'，顶天立地之为'头'，父天母地之为'子'，'老头子'乃是臣向皇上表达崇敬的词语。"结果，乾隆放声大笑，纪大学士有惊无险地保住了自己的项上人头。

不过，《清稗类钞》也是野史，这个妙解"老头子"的纪晓岚至多只能算民间形象，还不算官方形象。官方记载中的纪晓岚又是什么样子的呢？

　　要回答这个问题，我们需要先看一看纪晓岚的生平资料。纪晓岚原名纪昀，"晓岚"是他的字。他晚年又号观弈道人，我们在《阅微草堂笔记》里见到的"观弈道人"云云，便是作者的自称。纪晓岚从小就显示出了过人的文才，他六岁的时候参加童子试，就以优异的成绩闻名乡里，被人誉为神童。后来虽然在科举考试的过程中遭遇了些许波折，却没有就此颓废下去，乾隆十九年（公元1754年），三十岁的纪晓岚以二甲第四的成绩入选翰林院，从此开始了他的官宦生涯。

　　说到这里，大家也许就要不以为然地撇撇嘴了，殿试不是一共有三甲吗？才考了二甲，算什么大才子呀！但是，我们可不要忘了一件事，一甲里面一共就只有三个名额——状元、榜眼、探花。从第四名开始，后面统统是属于二甲的。所以，纪晓岚这个二甲第四也就是全国第七，这已经是一个非常惊人的成绩了。而纪晓岚后来的经历也确实对得起他的大才子之名，乾隆三十六年（公元1771年），他被任命为《四库全书》的总纂官，从此便成为名副其实的文坛首脑，是天下所有读书人的首领。

　　纪晓岚最大的功绩就在于他对文化的贡献，他主持编纂的《四库全书》是我国历史上最大的一部丛书，一共收录了3500多种书籍，有7.9万卷，3.6万册，约8亿字，基本上囊括了我国古代所有重要的典籍，涉及哲学、伦理、历史、文化、天文、地理等方方面面。整理典籍是一件极其困难的事情，主持者必须有极高的文化素养、过人的眼界和不厌其烦的耐心。要知道，天下的书籍浩如烟海，这么多的材料，不仅要全部看过，还要对它们的成书背景、作者生平、内容大旨、长短得失、别本异文、典籍源流等情况通通了然于心，只有这样，才能从中划分出需刊刻、需抄录、需存目、需剔除的不同等级，并且按照经、史、子、集的分类体例，通盘筹划、排比编次、订正谬误，最终形成成品。

　　纪晓岚带领清朝的官员、学者三百多人，历经十三年的不懈努力才完成了这项巨大的工程，他所承担的任务之重、承受的压力之大，是可想而知的。而他亲自撰写的《四库全书总目提要》也成为我国目录学发展史上的一部重要文献，是我们研究古代思想文化的一个重要入口。所以，在真实的历史中，纪晓岚其实是以学者的身份而驰名的，他的主要贡献在于对文化的整理、考证和保存，而不在于犯颜直谏和勇斗贪官。实际上，他是一个性格相当圆融的人，乾隆一朝，文字狱频发，先后被牵连的文人成千上万，可以说，朝野上下，人人自危，尤其是负责编书的官员，更是经常摊上祸事，动辄倾家荡产，甚至还有杀身之祸。而纪晓岚数十年如一日地坐在风口浪尖的位置上，最后却回回有惊无险，平安无事地活到了八十多岁。这与他处事周全、善于明哲保身是绝对分不开的。我们在《纪文达公遗集》中也能找到大量的应景颂谀之作，这些都可以说明，纪晓岚的性格绝不是一个简单的"疾恶如仇"就可以概括的，他身上既有作为传统文人清高正直的一面，也有作为官场不倒翁圆融平稳的一面。

如果把《聊斋志异》与《阅微草堂笔记》放在一起对着看，我们就可以找到许多有趣的对比关系，它们就像光谱的两极，无论在故事模式上，还是在思想旨趣上，都呈现出迥然相异之势。《聊斋志异》成书于康熙年间，乾隆朝正是它刊刻成书、在社会上广泛流传的时期。而纪晓岚显然是看过《聊斋志异》的，在《阅微草堂笔记》中，他常常故意反写《聊斋志异》的故事，以此抒发自己对各种社会问题的见解。比如，《槐西杂志》第三卷中，纪晓岚就写了一个东昌书生夜遇狐女的故事来讥刺蒲松龄。

纪晓岚笔下的这个书生平时就喜欢听人讲神神鬼鬼的故事，把一本《聊斋志异》翻得卷边烂角，什么夜遇狐狸精啊，人鬼情未了啊之类的，全都烂熟于心。这种小说读得多了，书生就开始幻想着也能有这么一个风流貌美的狐狸精爱上自己，好来上一段缠绵悱恻的爱情故事。有一天，他深更半夜在郊外赶路，走着走着，忽然看见前面灯火辉煌，有一座十分华丽的宅院。书生就在心里寻思了：

"这荒郊野外的，哪来的大户人家呢？再说，这里原来不是一片坟地吗？"他脑子这么一转，就想起了自己以前在《聊斋志异》里看过的故事。

说实话，半夜赶路忽然看见大宅院这个情节在《聊斋志异》里确实是很常见的，这一般都是一段美好姻缘的开始。按照《聊斋志异》的套路，见到大宅院之后，书生就会走进去请求借宿，这时候，就会有一个热情好客的老翁出来迎接他。两人这么一搭话，老翁一看，哟，这小伙子好啊，文采风流，是个人物！于是书生就被请进去了，老翁端出好酒好菜招待他，再把自己的家眷叫出来与书生见礼。这些家眷中必定有一个年轻貌美的少女，她一见到书生，就情意暗生、频频示好，而书生自然是顺水推舟，两人便在庭前拜堂，成就一段美满婚姻。接下来的情节就会根据老翁的性情不同而出现分歧，如果老翁通情达理，那么书生从此便会与少女过上幸福的生活；如果老翁从中破坏，那么，到了第二天，书生一觉醒来，便会发现自己正枕着墓碑睡在一片坟地里，什么灯烛、什么宅院，全都烟消云散了，就好像昨天只是做了一场荒唐的美梦一样。

其实，平心而论，《聊斋志异》的故事是不太靠谱的。不说别的，叫家眷出来这个情节就是一个很大的漏洞。我们知道，古代社会讲究礼教，女眷尤其是未嫁的年轻女子，一般是不见陌生男人的。于老翁而言，书生不过是一个素昧平生的陌生人，他干什么要把自己水灵灵的未嫁女儿引见给陌生男子呢？所以，有人就说了，老翁明摆着就是看上了书生人傻钱多，故意想把自家的女儿推销出去。除此之外，根本就没有办法解释老翁的所作所为。

到了这里，纪晓岚写的这个故事就开始与蒲松龄唱反调了。纪晓岚就说了：书生想起了自己以前在《聊斋志异》里看过的故事，于是故意在这里磨磨蹭蹭，就等着路遇狐狸精。那么他遇到没有呢？还真遇到了。过了没一会儿，一辆华丽的马车出现了，车里坐着一个美若天仙的年轻姑娘。书生看着人家，被看的人也反过来看着他，这时候，书生就听见车里的人在窃窃私语："哟，这个小伙子就不错嘛！"怎么不错呢？嘿嘿嘿嘿，此时只要微笑就好了，对不对？

于是就有丫鬟来邀请书生到前面的宅子里做客了，于是书生果然被带到了一间富贵风流的屋子里等着。书生心里高兴呀，有道是，"洞房花烛夜，金榜题名时"，新郎官等着拜堂和举子刚放榜，可以称得上是古代读书人一生中最幸福的两个时刻了。那么新娘子到底什么时候能来呢？等得好心焦。

很遗憾，新娘子什么时候能来都跟书生没关系了。等啊等啊，终于，当当当当，故事里一定要有的老翁出现了。不过老翁不是来相女婿的，而是来请司仪的。老翁就

草根文学的「逆袭」

对书生说了："小伙子啊，我家的女婿终于来啦，话说，我们当狐狸的很少能见到读书人啊，麻烦你来给我们做傧相好不好？"事已至此，书生能说什么呢？毕竟人家从来都没跟他说过要请他来当新郎官，一切都是他自己自作多情而已。他只好含着两汪深沉的泪水当了这个傧相，天不亮就灰溜溜地溜走了。

同样是志怪小说，《阅微草堂笔记》与《聊斋志异》为什么会有这么大的差别呢？

最主要的一个原因就是两位作者的身份地位存在着巨大的差异。上一章我们说过，蒲松龄一生都在科举之路上挣扎，直到年逾古稀都没能中举。他一生中的绝大部分时间都在别人家里做教书先生，过着寄人篱下、生活清贫的日子。而这些坎坷与挫折自然也让蒲松龄饱尝了炎凉世态，从而积攒了一肚子的牢骚不平之意。这样的创作心态就造就了《聊斋志异》那种委婉深曲、忧愁幽思的风格。

如果说蒲松龄是读书人里倒霉到了极点的典型，那么，纪晓岚就是幸运到了极点的典型。他少年成名，中年被委以重任，晚年功成身退、全始全终。纪晓岚做官最大做到过礼部尚书，我们知道，明清时期国家是不设宰相的，吏、户、礼、兵、刑、工，六位尚书都直接对皇帝负责，每个人的职权相当于国务院副总理。可以说，纪晓岚这个礼部尚书，已经是读书人所能达到的巅峰水平了。

纪晓岚与蒲松龄都是文人，但是上层文人与下层文人的视角必然是不同的。作为儒家文化与科举制度的受益者，纪晓岚自然就会站在维护纲常名教的立场上，去为封建制度和礼教辩护。他明确批评过《聊斋志异》，说它"燕昵之词，媟狎之态，细微曲折，摹绘如生。使出自言，似无此理；使出作者代言，则何以闻见之"。意思就是说，《聊斋志异》像魏晋志怪又不是志怪，像唐传奇又不是唐传奇，四六不靠，不伦不类，蒲松龄的故事讲得太详细了，披露了好多外人不应该知道的细节，试问，这些细节作者又是怎么知道的呢？可见，所有的故事都是蒲松龄自己胡编的，不值一哂。而他自己写的《阅微草堂笔记》正是要与《聊斋志异》相抗衡，"不失忠厚之意，稍存劝惩之旨""不颠倒是非""不摹写才子佳人""不绘画横陈"。

　　纪晓岚批评《聊斋志异》的观点其实是很有代表性的。我们之前说过，在中国传统的文学观念里，诗文才是正宗，像小说、戏曲这种俗文学是不登大雅之堂的。最初小说刚刚出现的时候，保守派就常常以正统文学的观念来对小说数短论长，批评它"不尊重史实""不符合现实""不端庄稳重""不能教育人民"……纪晓岚不就是在批评《聊斋志异》虚构故事、不符合现实吗？他要求《聊斋志异》要写得与乐府诗一样，唯其如此，才能算是

草根文学的「逆袭」

一部有益于世道人心的好作品。

当然，以我们今天的观点来看，纪晓岚的批评完全可以称得上是大谬不然的批评，而《阅微草堂笔记》在文学价值上也无法与《聊斋志异》相媲美。事实上，诗文与小说是两种完全不同的文学体裁，它们各自具有独特的创作法则和内部规律，以诗文的标准来指摘小说，就像批评鸭子不会上树一样，是"欲加之罪，何患无辞"的做法。这也是思想文化专制必然会带来的问题，明清时期，国家尊崇儒家理学，儒家之外的许多思想流派和文化典籍都遭到了排斥。《四库全书》修订的过程其实也是许多珍贵文献无辜遭难的过程，有人甚至说乾隆修《四库全书》是中国文化史上的一次浩劫，这个观点也是有一定道理的。

好在，纪晓岚虽然立场保守，但也不是完全不通情理，他阅历丰富，学问渊博，在结撰故事、举笔行文的时候常常能发人之所未见，针砭时弊，给人以有益的启示。鲁迅先生曾经说《阅微草堂笔记》"凡测鬼神之情状，发人间之幽微，托狐鬼以抒己见者，隽思妙语，时足解颐"，"复叙述雍容淡雅，天趣盎然，故后来无人能夺其席"，这也是比较中肯的评价了。对于今天的我们来说，《阅微草堂笔记》就像旁观明清思想文化的一扇小小窗口，它微妙的立场、独特的视角与深厚的文化功底，都可以给我们带来无穷无尽的感悟与启迪。

第十二章

范进中举之后为什么会失心疯？

——《儒林外史》

科举制度和士林百态是文学史上一个有趣的话题。自隋唐年间科举选官制度形成以来，读书人的处境和心态就发生了天翻地覆的变化。"科举"好像一张无孔不入的大网，它如此深刻地渗透到中国文人的生活之中，使他们的人生理想、人格特质和审美情趣都为之打上了抹不去的烙印。

我们知道，文人参与创作是小说走向成熟的重要一步，他们不仅完善了小说的形式与手法，更为小说注入了深厚的文化内涵，这才促使小说由一种仅供娱乐的"下层艺术"一跃而成为一种能够启迪心智、陶冶情操的重要文学体裁。文人成为小说的创作者，必然会为小说带来与市民社会截然不同的特质，如果我们不知道"儒生"这个群体是做什么的，也不明白他们在想什么，那么也就很难理解很多小说到底在说什么了。

实际上，在读了前面的几章之后，聪明的你可能已经注意到，无论是才子佳人小说、《聊斋志异》还是《阅微草堂笔记》，都与读书人有着千丝万缕的联系：才子佳人小说是穷书生对理想生活的终极幻想；《聊斋志异》是穷书生一肚子牢骚郁闷的结晶；《阅微草堂笔记》是精英书生退休在家时排遣闲情所作……如果说明朝的小说中还非常鲜明地保留着市民社会的印记，那么，到了清朝以后，文人在各方面对小说的渗透就变得越来越明显了。

要理解明清小说就必须理解儒生，要理解儒生又必须理解科举制度，那么，这个所谓的"科举制度"究竟是什么东西呢？它到底是好是坏？我们可能都听说过"八股文章"，这是人们用来形容死板僵化的文章套路的。它与科举制度是什么关系呢？它对读书人的思想产生了什么样的影响？这些都是我们读明清小说的时候，需要去回答的问题。

所谓的"科举取士"就是指通过分科考试、择优录取的办法选拔官吏。作为在当今中国长大的一代，我们对考试的各种流程肯定都是不陌生的，小测验、大测验、期中考、期末考、中考、高考……老舍先生写过一篇散文叫作《考而不死是为神》，我猜，我们每个人大汗淋漓地从考场里走出来的时候，心中肯定都油然升起过一种与老先生的惺惺相惜之意："信哉斯言！"考试的效果和威力放到古今都差不多，古代的儒生参加科举就像我们今天参加高考一样，十年寒窗视之等闲，改变命运在此一举，他们会把科举这件事看得多么重要，又会为它付出多少心血，是可想而知的。

说到这里，大家大概会心有戚戚焉，应试教育的苦头我们都吃过，死记硬背、脱离实际，一出考场、忘得精光，这样的教育真的能教出社会的栋梁之材吗？所以我们才天天嚷着要搞"素质教育改革"呀，对不对？那么古人难道比我们笨吗？从隋唐到清朝，科举制度在我国一共实行了一千三百多年，这么长的时间，为什么没有人想起来要把它改革一下？

其实，不是没有人发现这个制度的弊端，而是没有人能想得出比考试更好的选拔方式。我们从头开始清理一下我国的选官制度就会明白了：在隋唐以前，我们采用的选官方式是世袭制和推荐制，所谓世袭，就是张三当了大官，等他退休了，就由他的儿子继续来当这个官；所谓推荐，就是张三当了大官，他发现李四不错，就把李四介绍给皇帝，于是，皇帝再封一个官给李四。

世袭和推荐都有一个严重的问题，就是不够公平。张三贤明，不代表他的儿子也有本事，同样地，张三当官当得好，不代表他看人也看得准。何况，张三不可能认识全天下所有的人才，李四认识大官，所以他得到了做官的机会，那么不认识大官的王五、赵六、钱七呢？他们就被不声不响地埋没了。事实上，在隋唐以前，我国的官场上已经形成了一张盘根错节的亲戚网，张三当了大官，他的兄弟、子侄、朋友、学生全都得到提拔，大家官官相护，抱成一团，无形之中就为结党营私、贪赃枉法提供了无数的漏洞。与此同时，穷人家的孩子也永无出头之日了，所谓的"寒门难出贵子"，说的就是这种情况。

我们可以想象，在这样的情况下，科举制的出现是一件多么让人欢欣鼓舞的事情。尽管它还有这样那样的问题，但是，最起码大家可以在一个共同的标准下公平竞争了，国家得到了更多的人才，贫寒子弟也看到了改变命运的希望。随着科举制成为一种稳固的制度，全中国的读书人都以极大的热情投入了进来，不考就一辈子在黄土地里刨食，考上了马上升官发财、锦衣玉食。到了这个地步，谁还会在乎考试是不是变态的问题？拼了，冲啊！

在"考试"这种选拔方式无法被改变的情况下，"考试考什么"的问题就会变得格外重要了。古人云，"上有所好，下必甚焉"，考试就是指挥棒，科举考什么，儒生自然就会去学什么，如果考诗赋，选拔出来的就是一批文学家；如果考律例，选拔出来的就是一批法学家；如果考策论，选拔出来的就是一批政治家……科举考试的内容也会随着朝代更迭而不断发生变化，不过，有一个主要的倾向一直都是非常鲜明的。这个倾向是什么呢？

其实答案我们都知道，顾名思义嘛，儒生儒生，学的是儒家文化，那么科举考试，考的自然就是"四书""五经"了。"四书""五经"一共包括九本书，"四书"是指《论语》《孟子》《大学》《中庸》，"五经"是指《诗经》《尚书》《礼记》《周易》《春秋》。

这么看来，考个进士不是也很容易吗？一共才九本书，想想我们，从小到大的课本有多少？起码要有几十个九本吧，对不对？显然，科举考试是不会这么简单的，除了熟读"四书""五经"，儒生们还有一个重要的任务，就是要恰当地解释经义。可是，大家毕竟不是孔子肚子里的蛔虫，先秦的说话方式与后来相差那么多，谁能知道孔老夫子随口说的一句话里面有什么微言大义呢？

　　这时候，儒学研究就碰到了一个重大的挑战，这就是经义怎么解释的问题。就像人们常说的，"一千个读者就有一千个哈姆雷特"，每个人对经义的理解都是不同的，究竟该怎么判断谁对谁错呢？其实，我们有两个办法可以应对这个问题：其一，不设标准，允许大家根据自己的学习心得自由地解释经义；其二，选择一个权威人士，由国家出面尊奉他为"圣贤"，按照他的标准解释经义。我国古代采取的是第二种办法，汉代有董仲舒，宋代有朱熹、程颐，经过一代又一代的演替，这些大儒对经义的解释渐渐成为科举考试的"标准答案"。

　　当一个人十余年如一日地研究一件事情的时候，他的思想必然会在潜移默化中受到影响。为什么南方与北方会出现"咸党甜党"之争？为什么大家会觉得文科生"酸"、理科生"呆"？这些例子都表明，人的观念、习惯和爱好是可以后天培养的。对于儒生来说也是这样，天天把《朱子语类》拿来摇头晃脑地照着背，时间长了，想问题的方式就不知不觉地被同化了。

除此之外，明清两朝，科举考试又推出了一个大招，此招一出，士林学子纷纷为之束手。这个大招是什么呢？是八股文。按照它的要求，一篇文章必须分成八个部分，从头到尾分别是破题、承题、起讲、入手、起股、中股、后股、束股，从"起股"到"束股"算是正文部分，这里面，每部分又由两股构成，所以叫作"八股文"。八股文原本不过是一种写文章的格式，是没有什么好坏之分的。坏就坏在，朝廷规定，从今往后，科举考试的所有文章必须都用八股文写。八股文的题目全部出自"四书""五经"的原文，文章中对经义的阐发不能超出朱熹、程颐的范围，全文都要对仗加押韵，务求规规矩矩、四平八稳。

　　到了这里，科举考试就出现重大问题了。大家还记得吗？这个考试是一种选官制度，而不是一种选拔考据家的制度。官员的任务是治理国家，他们需要具备灵活的头脑和敏锐的眼光，这样才能不断去应对现实工作中层出不穷的新问题。但是科举考试培养出来的人才恰恰不是这样的，他们从小到大，学的是程朱理学，写的是八股文章，可以说除了"四书""五经"，对外面的世界是一无所知的。我们怎么可能指望这样的人去经世致用、富国强兵，当一个能臣、好官呢？

　　这还不是最大的问题，最大的问题是科举考试的淘汰率很高，徇私舞弊的事情也多。试想，如果现在我们规

草根文学的「逆袭」

140

定，全国的高考生只有考上"985"或"211"才有学上，其他人全部回家重修，直到考上为止，社会还能不出乱子吗？然而，这就是当时的真实情况，绝大部分书生一辈子皓首穷经，也是过不了科举的，他们只能一年一年又一年地读下去，以自己全部的生命和血泪去搏一个虚无缥缈的希望。长此以往，还能不抑郁吗？还能不变态吗？

《儒林外史》讲的就是科举制度下的士林百态。与同时代的其他小说相比，《儒林外史》是一部相当独特的作品。一般的明清小说是以几个主要人物为核心来组织故事的，人物有行动，行动又可以串连成有来龙去脉的事件，比如《三国演义》是讲曹刘孙争霸的故事，《水浒传》是讲梁山好汉聚义的故事，《红楼梦》是讲宝钗黛的爱情悲剧……我们拿来一部明清小说，可以马上说出它的主角是谁。而《儒林外史》却不是这样，它的时间跨度上百年，先后出现了几代读书人、数十个形形色色的主要人物，作者并不交代每个人的前因后果，只是把他们身上最典型的几幕场景裁剪出来，汇集到一起，这样，就形成了一幅包罗万象的百年儒林风俗画卷。

在《儒林外史》的所有主要人物中，范进可以说是一个非常典型的"科举制度牺牲品"的形象了。我们先来看一看"范进中举"的故事：

范进是一个老童生。"童生"是什么意思呢？简而言之，就是连秀才都没考上的初级读书人。我们知道，清代的科举考试一共有三关，分别是乡试、省试、殿试，考过一关就能获得一个职称，过了乡试就是秀才，过了省试就是举人，过了殿试就是进士，取得了进士职称才有资格做官。范进从二十岁开始参加乡试，考到五十四岁，连第一关都没过。

古时候没有九年义务教育，读书是很费钱的，上私塾要交束脩，笔墨纸张也得花钱，一般来说，一家子能供得起一个读书人就不错了。范进他们家只有一个男丁，就是范进，唯一的壮劳力去读书了，田里的活谁来干呢？没人干活，粮食从哪来呢？所以他们家过得特别穷苦，大补丁摞小补丁，吃了上顿没下顿。好在范进的老婆是屠户的女儿，老丈人天天杀猪卖肉，有点家私，范进家里吃不上饭的时候，经常到老丈人那里去打秋风，受人接济。日子久了，施舍的人越来越颐指气使，被施舍的人也就越来越低三下四了。

总而言之，五十四岁的范进就成了这么一副形貌：

面黄肌瘦，花白胡须，头上戴一顶破毡帽。广东虽是气候温暖，这时已是十二月上旬；那童生还穿着麻布直裰，冻得乞乞缩缩，接了卷子，下去归号。

草根文学的「逆袭」

不过这一回范进时来运转了，他碰上了一个经历独特的考官。这个考官的名字就很有意思，叫作周进。周进和范进，就是一面镜子隔出来的两个人影，范进的今天就是周进的昨天，周进的今天就是范进的明天。周进当年也是个屡考不过的老童生，所幸被几个好心人资助了一把，捐了监生，直接跳过乡试考省试，没想到人逢喜事精神爽，超常发挥过了省试和殿试，稀里糊涂地当了大官。周进一看到范进，顿时升起一股同病相怜之意，把他的卷子拿来看了又看。其实，周进自己的书就没读通，当考官判卷子也只能瞎判一气，这会儿情人眼里出西施，越看范进的卷子越觉得好，一拍桌子，就高高兴兴地判他做了第一名。

　　范进中了秀才，大家当然高兴极了，这下子总该扬眉吐气了吧？在老丈人面前也能抬得起头来了吧？高兴自然是高兴的，不过胡屠户是一个有见识的屠户，一个秀才在他老人家眼里，还算不得什么。胡屠户随便提了点酒菜来祝贺范进了，怎么祝贺的呢？是这么说的：

　　我自倒运，把个女儿嫁与你这现世宝穷鬼，历年以来，不知累了我多少；如今不知因我积了甚么德，带挈你中了个相公，我所以带瓶酒来贺你。

　　瞧瞧这话说得多刻薄啊，女儿嫁了范进是糟心的倒霉事，女婿中了秀才却是因为屠户他老人家"不知积了什么德"。而范进母子两个还得赔着笑脸唯唯称是，没办法啊，吃人嘴浅，拿人手短，受人家的接济多了，脊梁骨就硬不起来了。范进挨的骂还没完，过了乡试还得去考省试吧？路费从哪来？范进管老丈人借银子，结果又被啐了一脸吐沫星子：

不要得意忘形了！你自己只觉得中了一个相公，就"癞蛤蟆想吃天鹅屁"！我听见人说，就是中相公时，也不是你的文章，还是宗师看见你老，过意不去，舍给你的，如今疑心就想起老爷来！这些中老爷的，都是天上的文曲星；你不看见城里张府上那些老爷，都有万贯家私，一个个方面大耳。像你这尖嘴猴腮，也该撒泡尿自己照照！

试想，让猴子不准上树，鸭子不准下水，这可能吗？范进一辈子兢兢业业地读书，读了三十多年，赔上了青春年华，带累了母亲妻子，把能奉献的一切都奉献出来了，让他不去考试，怎么可能呢？于是范进东挪西借地凑齐了银子，溜出去把省试给考了。等他回家的时候，家里已经断炊两三天，老母亲饿得头昏眼花，东西都看不清了。

万万没想到，这次竟然不知怎么就中了举。消息传来的时候，全村都沸腾了，以前不来往的现在来巴结了，以前冷眼相待的现在也不提旧事了，通天大道已经铺好，功名利禄就在眼前，好比一个乞儿突然被人领到满汉全席前面，范进先是不信，然后狂喜，狂喜到了极点，就活活高兴疯了。

可笑吗？太可笑了。一个人怎么能没见识到这种地步呢？不过一场考试，至于这么丑态百出吗？我们不禁要感叹：范进啊范进，你的尊严在哪里？然而，这场闹剧可悲也就可悲在这里：主人公已在漫长的考试生涯中丢弃了自己作为一个人的自尊和人格，他不再是一个人，而是一个功名利禄的奴隶，一个考试机器中身不由己的可怜虫，他的狂喜中正映照出了他最深的悲哀。而这正是《儒林外史》所惯用的讽刺手法，作者对人物不做评论，而是以白描的手法将他们的语言、行动、神态平平淡淡地记录下来，在诙谐的场景中往往蕴藏着深深的悲凉。鲁迅先生赞扬它"戚而能谐，婉而多讽"，可谓是中肯之论了。

第十三章

宝哥哥为什么不能娶林妹妹？

——《红楼梦》

在浩如烟海的明清小说中，最受人称道的恐怕就是《红楼梦》了。这本书问世不久，就以手抄本的形式广为流传，一时之间，粉丝无数，好评如潮。有人甚至作诗说："开谈不说红楼梦，读尽诗书也枉然。"要知道，明清时期，科举取士已经到了走火入魔的地步，《儒林外史》里面那个中举之后高兴疯了的范进，正是一代人的真实写照。在这样的大环境中，一本"不登大雅之堂"的小说竟然能够力压"四书""五经"，引得时人追捧如此，可见它有多么受欢迎了。

更夸张的是，《红楼梦》不仅引人痴迷，还激起了很大的争论。因为书中人物众多、剧情繁复，而作者自己又没有明显地倾向于哪一方，所以，读者们很快就分成了"拥林"和"拥薛"两派，为薛宝钗和林黛玉孰是孰非而争论不休，一言不合，则脸红脖子粗，甚至大打出手，以至于茶馆、酒楼等公共场合不得不贴出告示道："勿谈红楼。"

然而，尽管叫好又叫座，这部作品也没能逃脱被查封的命运。乾隆年间，《红楼梦》被列为禁书，遭到几次删改和焚毁。后来，高鹗为该书续作了后四十回，去掉了脂砚斋的批语，形成了一个定稿本，这个版本就是我们今天常常见到的《红楼梦》通行本。

对于清代以后的读者而言，《红楼梦》这部作品仿佛被笼罩在一层神秘的面纱之中：脂批本和通行本为什么会有这么大的差异呢？前八十回和后四十回是不是一个人写的呢？如果不是，后面的情节到底会怎样发展呢？脂批中提到这本书有"表里两层"，里层是指什么？作者有什么微言大义吗？这些问题往往困扰着好奇的读者，促使他们围绕着这部书进行各种各样的思考和探索，这些探索就渐渐形成了今天的"红学"。能以一部小说之力而支撑起这么庞大的研究，这在我国明清小说的行列之中，可以说是绝无仅有的。

讲完了历史，我们还是要回到小说本身来。《红楼梦》讲了一个怎样的故事呢？它凭什么能够成为中国古典小说的巅峰之作？它比其他的小说高明在哪里呢？在回答这些问题之前，让我们先跟着贾宝玉梦游太虚幻境的脚步，一起来听一支曲子：

【终身误】都道是金玉良缘，俺只念木石前盟。空对着，山中高士晶莹雪；终不忘，世外仙姝寂寞林。叹人间，美中不足今方信：纵然是齐眉举案，到底意难平。

这支曲子讲的正是贾、林、薛三人之间的关系。贾宝玉与林黛玉真心相爱，但封建礼教要求人"非礼勿听，非礼勿动"，即使有再炽热的情感，也必须苦苦压抑在心

草根文学的「逆袭」

中。志同道合的爱侣不能终成眷属，反而要遵从家庭的意志各自婚嫁，其结果便是黛玉泪尽而逝，宝玉和宝钗同床异梦，不合理的现实造成了三个人的痛苦。

当然，如果只有这么简单，《红楼梦》也就不是《红楼梦》了。如果说薛、林、贾三人的情感纠葛是整个故事的核心，那么，大观园中的金陵十二钗就是故事的内围，而贾府中的其他人则是故事的外围，他们的故事互相缠绕、互相交织，像恒星、行星、卫星按照各自的轨道运转一样，形成一个和谐的整体。在《红楼梦》中，爱情悲剧和家族悲剧是一明一暗的两条线索，也可以说，正是家族的摇摇欲坠加速了爱情悲剧的产生。

说到这里，我们就要问了：贾府的处境与宝玉的婚姻究竟有什么关系？贾府的家长为什么不让宝哥哥娶林妹妹呢？这就得从整个故事的缘起说起了：

小说开篇讲道，女娲炼石补天之时，炼成了三万六千五百零一块石头，但是补天只用了三万六千五百块，还剩下一块，便随手扔在大荒山青埂峰下。这块石头见众石都去补天，只有自己无材不能入选，便自觉惭愧，日日在山下悲泣。终于有一天，有一僧一道来到山下，石头便请求他们带自己到人世走一遭，见识见识世间繁华。恰好这时灵河岸上三生石畔有一株绛珠仙草受到了神瑛侍者的灌溉之恩，要下凡报恩，将自己一生的眼泪还给神瑛侍者。僧道二人便将石头变化一番，夹在下凡的一干风流孽鬼中，送去了凡间的花柳繁华之地、富贵温柔之乡。又过了不知几世几劫，有一个空空道人经过青埂峰下，见到这块石头立在那里，上面写满字迹，记述了自己在凡间所见证的种种悲欢离合。空空道人将字迹抄去，便是这一段"红楼梦"的故事。

这段故事其实已经为《红楼梦》奠定了基调，顽石无材补天，黛玉还泪报恩，宝黛二人无路可走、自怨自艾、伤心痛苦的命运在这里已经埋下了伏笔。顽石请求下凡时僧道劝道："那红尘中有却有些乐事，但不能永远依恃，况又有'美中不足，好事多磨'八个字紧相连属，瞬息间则又乐极悲生，人非物换，究竟是到头一梦，万境归空，倒不如不去的好。"这"美中不足、好事多磨""乐极悲生、到头一梦"的断语恰恰是宝、黛、钗三人爱情悲剧的真实写照。

我们先来看一看宝、钗、黛三人的关系：

首先，于宝玉和宝钗而言，两人是怎样看待对方的呢？他们之间有爱情吗？答案大约是，可能或多或少也有过一些好感，但还远远达不到爱情的程度。宝玉是个惫懒公子、混世魔王，他厌恶科举考试，反感官场生活，不愿意与自己眼中的"国贼禄鬼"同流合污。但是，他又找不到别的出路，只能日日混迹在女子之中，以吟风弄月、消

草根文学的「逆袭」

闲时光为乐，他"无材可去补苍天"，并没有什么出将入相、封妻荫子、光耀家族的志向。然而，对宝钗来说，这样的想法是不可理解的，在她眼中，男儿大丈夫理当走出家庭，在社会上有所作为，像宝玉那样流连于闺阁之中是软弱无能的表现。故此，宝钗常常劝说宝玉要学习"经纶世务之道"，宝玉却认为宝钗是"好好一个女孩子，也学会沽名钓誉，有负天地钟灵毓秀之德"。两个人的价值观和人生观是有根本的冲突的。

如果说宝玉和宝钗之间并不存在真正的爱情，那么，宝玉和黛玉之间的爱情就可以说是非常完整而深刻的了。黛玉是《红楼梦》中最有诗人气质的人物，她并不像宝钗那样信奉"女子无才便是德"的教条，常常懒于针黹女红而勤于诗书翰墨，刘姥姥进大观园的时候曾经到黛玉住的潇湘馆里游览，看到的便是"架上垒着满满的书"，像一个公子哥儿的书房。黛玉不仅爱作诗，而且也善于作诗，《红楼梦》中的几首长诗几乎全部出自黛玉之手，香菱学诗的时候，拜的师傅也是黛玉。

作为一个诗人，黛玉的性格是非常敏锐易感的，往往能捕捉到他人微小的态度变化，又能在众人之前体会到事物的悲凉之处，因此常常伤春悲秋。在他人眼中，她便显得多愁善感、眼泪不断、十分不好相处了。除此之外，黛玉的性格又有几分不通世务之处，她不懂得掩饰自己的心思，纵情任性，说话常常不知不觉地得罪人，这便造成了大观园众人"扬钗贬黛"的情况。然而，对于宝玉来说，这些缺点反而是黛玉的最可爱之处，宝玉喜欢的是性情中人，讨厌的是须眉浊物，而黛玉恰恰是大观园中最有真性情之人。可以说，宝黛二人在价值观、志趣、性情方面是不谋而合、志同道合的。

在前四十五回之中，宝、钗、黛三人的关系经历了三个阶段的变化：

第一阶段，宝玉和黛玉的感情处于萌芽时期，这个时候，宝玉还在宝姐姐和林妹妹之间有所犹疑，他固然与黛玉两小无猜、兴趣相投，但也还是会看着宝姐姐的一段藕臂出神，惹得黛玉吃醋生气。而宝钗对宝玉恐怕也多少有些好感，书中几次提到宝钗因为宝玉而脸红，甚至还会萌生出娇羞之态。我们会发现，这个时期是黛玉生气次数最多、性格最尖刻的时候，她对自己的爱情充满了危机感，因而总是处在紧张焦虑之中。只要有一点风吹草动，她就会像刺猬一样炸起全身的刺来，通过闹别扭的方式来确认宝玉对自己的心意。爱情中的不确定性又引发了身世之悲，黛玉为什么总是为自己父母早逝、没有兄弟伤心呢？是因为她太矫情了吗？恐怕，寄人篱下的酸楚是一方面，更重要的则是，没有人能为她的爱情做主，从贾府长辈对她的态度之中，她看不到自己的爱情走向婚姻，获得圆满

草根文学的「逆袭」

152

的可能性。

第二阶段，宝玉和黛玉经过前一阶段的反复磨合，渐渐了解了对方的心意。在这个阶段中，宝玉送旧帕子给黛玉、黛玉在帕子上题诗三首是一个标志性的事件。这一章节可以说是句句有深意，值得反复涵咏，我们一起来看看其中的一些重要段落：

此时林黛玉虽不是嚎啕大哭，然越是这等无声之泣，气噎喉堵，更觉得利害。听了宝玉这番话，心中虽然有万句言语，只是不能说得，半日，方抽抽噎噎的说道："你从此可都改了罢！"宝玉听说，便长叹一声，道："你放心，别说这样话。就便为这些人死了，也是情愿的！"

这里林黛玉体贴出手帕子的意思来，不觉神魂驰荡：宝玉这番苦心，能领会我这番苦意，又令我可喜；我这番苦意，不知将来如何，又令我可悲；忽然好好的送两块旧帕子来，若不是领我深意，单看了这帕子，又令我可笑；再想令人私相传递与我，又可惧；我自己每每好哭，想来也无味，又令我可愧。如此左思右想，一时五内沸然炙起。

黛玉这句"你从此可都改了罢"说得很有意思，要改什么呢？不要与优伶过从甚密，不要狎昵母亲的丫鬟，还是要好好念书，多与"须眉浊物"应酬交际？如果仅仅是这样，宝玉为什么要让黛玉"放心"？看上去只有宝玉不改，黛玉才能"放心"，这岂不是很不合情理吗？恐怕，宝玉要改的还有一项，就是应该与黛玉保持距离，两人不应当产生私情。毕竟，按照礼教的规矩来讲，婚姻必须遵守"父母之命、媒妁之言"，像我们今天这样自由恋爱是大逆不道的。

　　然而，宝玉却没有要"改"的意思，他不仅向黛玉表明了自己"愿意为这些人死了"的决心，还送了一份定情的信物给黛玉。"丝帕"之"丝"谐音"思念"之"思"，在我国古代的传统之中，男女之间互赠随身携带的手帕常常有表白情意之意。而黛玉也正是因为领会了宝玉的这一番深意，才感慨万分，以至于"五内沸然炙起"。

　　到了第三阶段，宝玉和黛玉已经心意相通，两人之间再无隔阂，黛玉也不再常常使性子、闹别扭了。两个人所面对的危机变成了来自外部世界的危机，大观园开始暴露出重重矛盾，预示着这里暂时的安稳已经到了将要结束的时候，而两人见面之时也已经渐渐开始不再多说什么，只是相互慨叹"你瘦了"而已了。值得一提的是，在这一阶段中，作者别出心裁地安排了宝钗与黛玉的和好，改变了她们之间相互敌对的关系。

之前我们已经提到，在宝黛爱情刚刚萌芽的时候，黛玉把宝钗视为情敌，常常因为宝玉与宝钗的亲密而生气；而宝钗也确实对宝玉有一定的好感，只是由于她恪守礼教的要求，严格压制着自己的情感，才不怎么表现出来而已。既然如此，宝钗是宝玉和黛玉爱情的破坏者吗？她因为性格稳重和平而受到贾府长辈的称许，这是不是故意的表演呢？她是在通过打"婆婆牌"来实现自己嫁给宝玉的目的吗？

恐怕也并不是这样。事实上，尽管宝玉有玉，宝钗有金锁，但两人都没有承认过所谓的"金玉良缘"。宝玉曾经在梦中叫嚷道："谁说是金玉良缘？我偏说是木石良缘！"而宝钗也因为看到两人随身佩戴之物上的字配成了一对而觉得"越发没意思起来"，从此之后故意远着宝玉。我们不得不承认的一点是，宝钗对于礼教的遵守是完全发自内心的，她只会自觉自愿地约束自己心中的私情，却不可能明知故犯，甚至于为了自己的私情而有意筹谋。宝钗对黛玉的关心也是发自内心的，她一次提醒黛玉行酒令的时候不要说从话本上看来的"淫词艳句"，一次给黛玉送去了急需的燕窝，两次都是雪中送炭，而不是锦上添花。

从种种迹象之中我们可以看出，宝钗并不是一个破坏他人爱情的反面角色，她几乎是相当无奈地被卷入了三人的情感纠葛之中，对她来说，宝玉仅仅是一个有些好感的对象，却还算不上一个可以托付终身的良人。这桩"金玉良缘"如果做成了，恐怕更像一个悲剧，而不是一个喜剧。既然如此，那么是谁促成了"金玉良缘"，破坏了"木石前盟"呢？

要回答这个问题，我们就要了解一下贾府的处境了。在全书的第二回《冷子兴演说荣国府》中，冷子兴就已经说到了贾府的问题："如今生齿日繁，事务日盛，主仆上下，安富尊荣者尽多，运筹谋划者无一，其日用排场费用，又不能将就省俭，如今外面的架子虽未甚倒，内囊却也尽上来了。这还是小事。更有一件大事：谁知这样钟鸣鼎食之家，翰墨诗书之族，如今的儿孙，竟一代不如一代了！"荣宁二府传到宝玉这一代，贾珍、贾琏都没有读书做官的天分，贾珠早逝，偌大的家业面临着无人继承的问题。只有宝玉还有些聪明，又是衔玉而生的，来历不凡，像是一块可堪造就的材料。因此，荣宁二府的全部希望几乎都寄托在了宝玉身上。

故事的悲剧性也恰恰隐藏在这里：如果宝玉弃绝仕途，那么岌岌可危的荣宁二府恐怕再无振兴之望，在整个家族大厦将倾的情况下，宝玉在大观园中的安稳生活也不可能保得住。然而，如果宝玉妥协了，读书做官振兴家族，那么他就要彻底与自己的天性相背离，成为自己最厌

草根文学的「逆袭」

156

恶的那种人。而且，即使读书做官，他凭借一人之力也不一定能实现振兴家族的目标。这两种选择的结局都是悲剧性的。

事情进行到这一步，宝玉与贾府长辈的立场已经出现了无法调和的矛盾——贾宝玉是块顽石，不可能成为"补天"的良材美玉；而贾府的长辈也不可能放弃逼迫贾宝玉成为"良材美玉"的希望。在这样的情况下，宝玉的妻子人选就成了一个重要的问题，贾府的长辈必然要选一个贤德知礼、能劝谏宝玉的人，而不可能选一个与宝玉一样不通世务的人。不管有没有宝钗，"木石前盟"成为泡影都已经是注定之事了。

可悲的是，贾府的覆灭早已埋下祸根，并不是一段联姻就可以解决的。即使宝、钗、黛三个年轻人都做了牺牲品，这个大家族也没能挽回倾颓的命运。正如判词里唱的："为官的，家业凋零；富贵的，金银散尽；有恩的，死里逃生；无情的，分明报应；欠命的，命已还；欠泪的，泪已尽。冤冤相报实非轻，分离聚合皆前定。欲知命短问前生，老来富贵也真侥幸。看破的，遁入空门，痴迷的，枉送了性命。好一似食尽鸟投林，落了片白茫茫大地真干净！"随着这个大家族的分崩离析，大观园中的众多女子也都风流云散，甚至香消玉殒，当初"鲜花着锦、烈火烹油"的盛况终究成了过眼烟云。

我们可以说，与明清时期的其他小说家相比，曹雪芹的与众不同之处恰恰在于，他不仅敏锐地抓住了隐藏在事物深层之中的矛盾，而且从不回避这种矛盾，寻求虚幻的调和之道。他安排笔下的所有人物都随着贾府的倾颓而走向悲剧性的命运，以一个决绝的结尾撕开了蒙在事物表面的那一层温情脉脉的面纱。他深刻、独到的眼光和成熟的叙事手法共同造就了《红楼梦》在明清小说史上的卓然地位。

第十四章

唐敖和林之洋游历了哪些神奇的国家？

——《镜花缘》

清朝中叶的时候，朝廷采取了非常严酷的文化专制政策，文字狱频繁发生，文人们不得不三缄其口、"莫谈国事"。没人敢说话了，文学创作自然也就受到了极大的限制，渐渐陷入了低潮之中。诗文就不用说了，小说和戏曲也没能幸免，最为大胆直露的白话短篇小说首先开始衰亡，长篇小说也不敢再谈什么家国天下，而是转向了各种无关痛痒的题材，或是寻幽探密、猎奇猎艳，或是歌功颂德、粉饰太平，或是劝善惩恶、宣扬礼教，变得越来越远离社会现实和自然，也就渐渐丧失了思想上的含金量。

对于文人来说，不让说话是一件很痛苦的事情。毕竟，在儒家的教育之中，"修身、齐家、治国、平天下"是最高人生目标，儒生们读书本来就是有政治目的的，说白了，他们读书不是为了学知识，而是为了学习怎么做官，为以后济世安民做准备的。不让文人议论政治，就像不让商人数钱、不让农民屯粮一样，是很不人道的"精神伤害"。但是，文人们干的事情又与别人不太一样，政治议论得不好，有时候是会危及皇帝的权威的。

我们可以设想一下，如果皇帝今天颁布了一条政令，说国家南边正在发洪水，要求北边的老百姓赋税增加两成。这时候，北边的文人跳了出来，抗议道，北方今年收成不好，没有那么多钱粮，皇帝如果不考虑他们的疾苦，就是一个大大的暴君。南边的文人肯定不服啊，也跳了出来，抗议道，南方的情况比北方更紧急，必须先保住南方，如果皇帝见死不救，也是一个大大的暴君。两边争执不休，谁也说服不了谁，这时候，皇帝该怎么办？他不管听谁的，最后都得当暴君，所以，究竟该选哪边呢？

皇帝有三个选择：第一，选择一边，这样的话，另一边的文人就会把他骂得狗血淋头；第二，谁的都不听，那么两边都会把他骂得狗血淋头；第三，坐等双方争出结论来，然后谁吵赢了听谁的，这样好像是稳妥了，但是，我们别忘了，南方的难民正在嗷嗷待哺，犹豫不定的结果就是饿殍遍野，这样，皇帝是绝对不可能再从历史的耻辱柱上下来了。

所以，我们也就不难理解，对于皇帝来说，养着一大群文人在朝堂上下对自己指手画脚是一件多么讨厌的事情。当然了，明智的皇帝心里明白，这些文人讨厌是讨厌，却不能少了他们，老话说得好，"兼听则明，偏听则暗"，制定决策的时候，必须要综合考虑各方面的意见，这样才不会出现疏漏。但是，并不是所有的皇帝都能有这份涵养，绝大多数情况下，皇帝手里的权力变大了之后，就会敲打敲打天下的文人，让他们少说自己的坏话，多多歌功颂德。到了明清的时候，这样的"敲打"和"管教"就变得越来越频繁了。

文人们是不可能闲得住的。不让议论政治了，他们心中感到非常空虚、非常苦闷，这时候，该干点什么填充一下自己的人生意义呢？有些文人就捡起了自己治经、治史的老本行，开始干起了考据的工作。何谓考据？考据就是对古籍加以整理、校勘、注疏、辑佚。比如孔子说了，"学而时习之，不亦说乎"，我们来研究这里的"学""习""说"都是什么意思、当时的发音是什么、这句话到底是不是孔子说的、《论语》各个版本记载的这句话有没有不同之处……当然，考据的对象并不仅仅局限于经史子集，上至天文地理，下至历朝历代典章制度的细节问题，只要与明、清两朝没有直接关系的事物，几乎都在它关心的范围之内。这种学问在清朝的乾隆、嘉庆两朝最为盛行，所以我们就把这个学派称为"乾嘉学派"。

我们得承认，乾嘉学派对我国的语言学、音韵学、目录学、历史学等学科的发展都做出了深远的贡献，但总的来说，在一个朝代的文坛上，考据之学占据着主流并不是一个好现象。因为这往往意味着这个朝代的思想界已经成了一潭死水，换句话说，离内部消耗、腐朽没落已经不远了。

《镜花缘》就是在乾嘉学派最流行的时候问世的，我们可以明显地发现，考据之学对这部小说产生了很大的影响。在文学史上，我们把这一时期涌现出来的一批小说，包括《镜花缘》《野叟曝言》《绿野仙踪》《燕山外

草根文学的「逆袭」

史》等，统称为"才学小说"。什么是"才学小说"呢？简而言之，就是以炫耀作者才学为主要目的的小说。这种小说的结构就像一个多宝架一样，作品里既没有跌宕起伏的情节，又没有意蕴深刻的人物，只有各种各样、琳琅满目的学问和技艺，比如作诗的句法、下棋的弈法、弹琴的指法、射箭的箭法，还有酒令、灯谜、音律、韵谱、典故……作者会安排几个主要人物来充当"介绍人"，像伙计介绍珠宝古董那样把各种学问技艺介绍给读者。

　　这样的小说好不好看呢？还是很好看的。就拿《镜花缘》来说，这部小说可以分成两部分，前一部分的主角是唐敖和林之洋，两人乘船出海，游历了大人国、小人国、黑齿国、无肠国等神奇的异域国度；后一部分的主角是唐敖的女儿唐小山，她应武则天的征召去参加女科考试，先后结识了其他九十九位才女，与她们一起欢聚宴饮、讲论才艺。唐敖和唐小山是串联情节的那根线索，而他们的所见所闻就构成了这条线索上的无数个小故事，其中既有奇人异事、独特风俗，又有无数的笑话和趣闻。如果不喜欢故事的主线，我们还可以把《镜花缘》当成笑话大全来看，水平也不比《笑林广记》逊色多少。

　　但是这样的小说看完一遍还想不想看第二遍呢？这个答案恐怕就得斟酌一下了。如果说《红楼梦》是一杯清茶，第一口无味，第二口苦涩，第三口回甘，那么《镜花缘》就像一杯糖水，第一口喝下去是甜的，再喝一百口，味道也全都一样。《镜花缘》比《红楼梦》差在哪儿了呢？答案就只有四个字：思想深度。我们之前已经说过了，文学归根结底是人学，人性的复杂、人情的温度、人生的关怀，这些才是文学不竭的生命力之所在。而才学小说恰恰是在文化高压的环境之下，小说家们在无法描写现实人生问题的时候，不得已而为之的一种选择。从这个意义上说，《镜花缘》无法胜过《红楼梦》，恐怕是有其必然性的。

就像我们刚刚说过的，《镜花缘》可以分成前后两个部分，前一部分是海外游记，后一部分才是典型的才学小说。那么，两者之中，哪一部分更有文学价值呢？是海外游记的部分。为什么它更有价值呢？其实，《镜花缘》成功的秘诀与《儒林外史》很相似，都是因为高超的讽刺艺术。不过，它们的风格又有所不同，《儒林外史》常常使用白描的手法，直指世事，要更辛辣一些；《镜花缘》却常常借此喻彼，以离奇的想象来影射现实社会中的问题，风趣幽默，使人解颐。

比如，书中第二十三回讲到，唐敖和林之洋来到一个大国，叫作"淑士国"，这个国家崇尚学问，所以人人习字，个个读书，无论种田的、卖货的、当兵的，都头戴一顶儒巾，打扮得十分斯文。国中景物如何呢？只见"四时有不断之菹，八节有长青之梅"。梅子我们都吃过，什么味儿的呢？酸的。菹菜的味道也差不多，也是酸的。整个淑士国就掩映在一片扑鼻的酸气之中。唐敖和林之洋到了这里，十分疲惫，就找了一间酒楼，准备上去休息休息。这时候酒保来了，我们来看看他是怎么说话的：

"三位先生光顾者，莫非饮酒乎？抑用菜乎？敢请明以教我。"

林之洋是个大老粗，一听"之乎者也"就不耐烦了，把桌子一拍，训了酒保一顿。酒保十分惭愧，继续赔笑道：

"请教先生：酒要一壶乎？两壶乎？菜要一碟乎？两碟乎？"

这下林之洋更生气了：我让你撸直了舌头说话，别"乎"来"乎"去的，你倒还变本加厉了！咱哥俩都是大老粗，谁不知道谁嘛，装什么装，对不对？就又骂了酒保一通。好不容易酒菜都拿过来了，林之洋端起酒杯一喝，又出事了。

出什么事了呢？这酒特别酸。林之洋急忙喊道："酒保，错了！把醋拿来了！"拿错了也不是什么大事，换一下不就好了吗？可是邻桌有一个老者不干了。为啥呢？人家是这么说的：

先生听者：今以酒醋论之，酒价贱之，醋价贵之。因何贱之？为甚贵之？其所分之，在其味之。酒味淡之，故而贱之；醋味厚之，所以贵之。人皆买之，谁不知之。他今错之，必无心之。先生得之，乐何如之！第既饮之，不该言之。不独言之，而谓误之。他若闻之，岂无语之？苟如语之，价必增之。先生增之，乃自讨之；你自增之，谁来管之。但你饮之，即我饮之；饮既类之，增应同之。向你讨之，必我讨之；你既增之，我安免之？苟亦增之，岂非累之？既要累之，你替与之。你不与之，他安肯之？既不肯之，必寻我之。我纵辩之，他岂听之？他不听之，势必闹之。倘闹急之，我惟跑之；跑之跑之，看你怎么了之！

这么一大通"之乎者也"，归结起来其实就一句话：我们这儿酒贱醋贵，你占了便宜悄悄喝就是了，不要瞎吵吵。这么简单的事情，为什么要说得那么复杂呢？难道这里的人舌头有问题，不会正常说话吗？当然不是。我们看看他们的头顶就明白了：哦，戴着儒巾呢，人家是儒生。

其实，这段故事就是在讽刺当时的八股取士制度，我们在前面讲《儒林外史》时说过，清朝中后期的时候，读书人考科举已经到了走火入魔的程度，《镜花缘》里这个老者的这种独特的说话方式，就是读书读魔怔了的表现。这样，我们也就明白淑士国的人为什么爱吃青梅、齑菜，爱喝酸酒了，原来，此处之"酸"不是"酸味"之"酸"，而是"酸文假醋"之"酸"。

像淑士国这样的例子《镜花缘》里写了很多，我们就不再一一枚举了。总之，由于独特的异域想象和高明的讽刺艺术，我们也把《镜花缘》誉为"东方的《格列佛游记》"。不过，《镜花缘》的独到之处还不仅如此，它对妇女境遇的关注和对女子才学的肯定也是历来为人们所称道的。

远的不必说，我们先来看一看书名：何谓"镜花"？这在书中是有来历的。唐敖的女儿唐小山原本是天上的百花仙子，武则天醉后令百花严冬齐放，百花不敢违令，因而触犯了天帝，被贬谪到人间来，化为了百位才女。花化为了女子，其实也可以反过来理解——女子如花，是世间的美好之物。但是女子往往身处于风刀霜剑的严酷环境中，她们的美好时光又是非常短暂而虚幻的。所以女子是"镜中之花"，就像书里说的，"红颜莫道人间少，薄命谁言座上无"。

这种感受对于今天的我们来说，可能隔得有些远了，毕竟，男女平等已经实行了很多年了，女孩子也可以上学、工作、自己养活自己、大胆追求自己的爱情，男生女生之间，往往不会觉得对方与自己有什么不同。但是，在古代的时候，情况却完全不是这样的。

我们讲"三言二拍"的时候说过，儒家礼教要求女子遵从"三纲五常"，必须"在家从父，出嫁从夫，夫死从子"，而且还有很多专门针对女子的歧视性规定，比如"女子无才便是德"，不可以上学识字；女子要"大门不出，二门不迈"，没事不能随便出家门……最为严酷的就是关于裹小脚的规定，明清时期，社会以"三寸金莲"为美，女孩子要想嫁得出去，必须从四五岁就开始裹脚，务必要抑制住骨骼的生长，让脚比手掌还小，走路摇摇晃晃、风吹就倒，才算成功。无疑，裹小脚的过程是非常痛苦的，把健全的肢体人为制造成残疾，又怎么可能不痛苦呢？然而，这样畸形的风俗却流行了数百年，大家见怪不怪、习以为常了。

《镜花缘》里安排了一段有趣的情节来讽刺这个现象，这就是第三十三回里讲到的，林之洋在女儿国历险的故事。

女儿国里处处男女相反，女子穿靴戴帽，养家糊口；男子涂脂抹粉，操持家务。林之洋生得一副好皮相，到了女儿国里，国王十分喜欢他，便强行把他扣留下来，要让他裹上小脚、换上女装，做自己的妃子。这个小脚是怎么裹的呢？直接上来两个宫娥把人架住，又有一个宫娥坐在下面，把脚举起来，在脚缝里洒上白矾酒，把脚面曲做弯弓一般，一面用白绫狠缠，一面用针线密缝。那被裹脚的人又是什么感觉呢？书上是这么说的："及至缠完，只觉脚上如炭火烧的一般，阵阵疼痛。"林之洋多么铁血的一条好汉呀，这时候也只能放声大哭道："坑死俺了！"

这还不是最惨的，最惨的是缠足成功之后的效果：

林之洋两只"金莲"被众宫人今日也缠，明日也缠，并用药水熏洗，未及半月，已将脚面弯曲折做两段，十指俱已腐烂，日日鲜血淋漓……不知不觉，那足上腐烂的血肉都已变作脓水，业已流尽，只剩几根枯骨。

如此惨烈，也无怪乎唐敖将林之洋营救出去之后，林之洋换回男装，穿上自己的旧鞋子，会长出一口气，觉得自己是死里逃生，再世为人了。

其实，这段故事最值得我们寻思的地方就在于，放在女子身上理所当然的事情，放在男子身上就显得十分滑稽、荒谬。这是为什么呢？因为在古代社会的眼光中，审视女子的标准与男子是不同的。双重标准往往是不公平的根源，而不公平的对待又往往会为矛盾冲突埋下祸根。到了今天，社会进步了很多，《镜花缘》中的女子们所经历的悲剧变得越来越少了，但优势群体与弱势群体、中心群体与边缘群体的冲突仍然时有发生，这个经验教训仍旧是我们应该牢牢记住的。

展昭和白玉堂谁厉害?

——《三侠五义》

1840年是中国历史上非常重要的一年，一般来说，我们会把它作为划分古代中国与近代中国的分界线，从1840年开始，尽管清朝还是那个清朝，但是中国却不是原来的那个中国了。为什么这么说呢？因为这一年发生了一件大事，这件事就是中英两国之间的鸦片战争。

说起"鸦片"，我们大家应该都不陌生了，讲晚清的电视剧里有时候会出现这么一幅场景：昏暗的大宅子里，有一个拖着小辫子的人靠在床上，他手里举着一杆烟袋，抽两口就闭上眼睛露出一副享受的神情。这个人一般都长得又干又瘦、面目黧黑，而且眼神浑浊，一脸无精打采的样子。他烟袋里抽的就是鸦片了。我们知道，鸦片是一种毒品，它可以使人产生一种无比享受、如在云端的幻觉，但是，与此同时，它也会毒害人的身体健康，使人体弱多病、神志不清。不过，鸦片最大的危害还不在于此，它还会使人上瘾，一旦沾染，就不得不长年累月地吸食下去，只要中断，就会感到痛苦万分。

鸦片的成本不高，但是价格却可以被炒得很高。试想，如果柜台里只摆着一个馒头，周围却有一百个饿得要死的人，这时候，会出现什么情况呢？很简单，这一百个人就会纷纷把自己腰包里的钱掏出来，谁出的钱最多，谁就可以把馒头买走。倒卖鸦片的原理也是这样，买家毒瘾发作，倾家荡产也不得不花这笔银子，这时候，卖家就可以随心所欲地抬高价格了。英国商人正是通过这样的方式，在对中国倾销鸦片的过程中，牟取了高额暴利。

鸦片给中国社会带来了严重的问题，钱都被英国商人赚走了，国家自然就变得越来越穷，另外，全国上下都成了烟鬼，种田的举不起锄头了，经商的拿不起算盘了，打仗的扛不动兵器了，社会也就随之陷入了瘫痪。清朝的皇帝和大臣们眼看形势不妙，便打算采取措施煞一煞这股倒卖鸦片的势头。我们都听过"林则徐虎门销烟"的故事，他的果断举措赢得了广泛的支持，一时之间，走私商纷纷夹起尾巴做人，风气为之一肃。

中国禁烟了，英国的商人们自然就坐不住了，这就好比摇钱树被人砍了一样，以后该去哪里赚钱呢？因此，虎门销烟成了诱发鸦片战争的导火索，一年半以后，英国的海军舰队就出现在了中国东海岸。一边是精锐部队和坚船利炮，一边是烟鬼和木帆船，战役的胜负可想而知。没过多久，英国军队就直逼北京城外，道光皇帝为了保住自己的龙椅，只好向洋人点头哈腰、赔礼道歉，不仅割地赔款，还在经济、政治、社会生活等方方面面大开方便之门，默许洋人在中国牟取好处。自此之后，中国人就变成了自己国家里的二等公民，中国在西方列强的步步侵略下积贫积弱，逐渐沦落到了亡国灭种的边缘。

社会状况发生了变化，人们的思想和心态也就随之改

第十五章 展昭和白玉堂谁厉害？——《三侠五义》

173

变了。许多有识之士开始为国家的贫弱感到痛苦，进而便开始从各个角度反思社会的弊病，试图找到"救亡图存"的办法。这一思潮或多或少地渗透到小说的创作之中，使小说的面目也发生了改变。一个显而易见的事实便是，这一时期，一下子冒出了许多新的小说类型，比如侠义公案小说、谴责小说、狭邪小说等等，它们或是期盼英雄救世，或是指斥社会弊病，或是为自己生不逢时而自伤自怜，尽管思路不同，但都与新的社会现实有着密不可分的联系。

在这一章中，我们要讲的就是一种新出现的小说类型——侠义公案小说。什么是侠义公案小说呢？其实，严格地说，它不是一种小说类型，而是两种小说类型结合在一起的产物。侠义小说和公案小说早就有了，不过，在晚清以前，它们一直井水不犯河水，你写你的、我写我的，彼此是互不相干，甚至是水火不容的。晚清的小说家将这两种小说类型糅合在一起，造出了一个"一加一大于二"的新类型，这就是侠义公案小说。

那么，"侠义小说"和"公案小说"又是什么呢？

其实，侠义小说我们之前就接触过了。所谓"侠义"，讲的自然是英雄好汉行侠仗义的故事，比如"路见不平一声吼啊，该出手时就出手啊"之类的，都可以归到这一类来。说到这里，暗示已经很明显了，对不对？没错，《水浒传》就可以算是一部侠义小说。不过，《水浒传》还不是特别典型的，它的主角的确都是侠士，但是施耐庵讲故事的侧重点在于"侠士为何被逼上了梁山"，而不在于"侠士如何行侠仗义"。

李白有一首诗叫作《侠客行》，里面讲到一位侠客，他"十步杀一人，千里不留行。事了拂衣去，深藏身与名"，"三杯吐然诺，五岳倒为轻。眼花耳热后，意气素霓生"，这些描写就非常接近侠义小说的内容了。侠义小说的主角或是"士为知己者死"的刺客，或是"路见不平、拔刀相助"的游侠，或是重然诺、讲信誉的镖师，他们武艺高强、来去自由、快意恩仇，凝结着人们对强大和自由的无限向往之情。说到这里，大家大概要叫起来了："咦，这个形容怎么那么像我们现在的武侠小说呢？"这么说也没错，武侠小说里的许多思想观念和处事方式的确是从侠义小说中借鉴过来的，所以，我们有时候也会把侠义小说视为现代武侠小说的鼻祖。

说完了侠义小说，还得再说说公案小说。我们只听说过书案、食案、条案、举案齐眉，还没听说过"公案"，"公案"是什么东西呢？其实也很好理解，"案"是桌子，"公案"就是办公桌。哪里的办公桌呢？古代衙门里用的办公桌。这就怪了，区区一张桌子，有什么可写的呢？的确是没什么可写的，所以，公案小说写的并不是桌子，而是桌子前面发生的事情。什么事情呢？自然是县太爷升堂审案的事情了。说到这里，我们就恍然大悟了，这么说来，公案小说不就是古代版的《少年包青天》《神探狄仁杰》吗？没错，不过，那时候的小说不叫《少年包青天》，而是叫作《包公案》《施公案》《龙图公案》，诸如此类。

公案小说讲的是天网恢恢、疏而不漏，侠义小说讲的却是仗剑江湖、以武犯禁，一个要维护法律，一个却蔑视法律，它们本来应该是两种相互冲突的小说体裁。这么来看，侠义公案小说就显得太奇怪了，毕竟，既然相互冲突，又怎么能糅到一起呢？这就像一碗豆花里既放了豆腐乳又放了桂花酱一样，太黑暗料理了，对不对？可是，小说家们偏偏就写出了这么一种咸甜合一的小说，而且还写得很和谐。他们是怎么做到的呢？通过一种模式，叫作"清官统率侠客"。侠客的确胆大妄为、不受约束，想让他们自觉自愿地为官府服务是很难的，不过，侠客还有一个重要的行事准则，就是"士为知己者死"，一旦认定一位效忠的对象，他们就会信守承诺、矢志不渝，即使威逼利诱也不会动摇。这样，解决问题的办法就有了：只要塑造一位富有人格魅力的清官，给他安排一系列奇遇，再让他在这个过程中收服一批桀骜不驯的侠客，大家不就皆大欢喜了吗？一方面，清官找到了帮手，案件有人侦查了，大盗也有人缉拿了；另一方面，侠客们也找到了铁饭碗，以后再也不用担心明天没饭吃的问题了。这岂不是两全其美吗？

到底是不是两全其美可以见仁见智，至少，这个模式在逻辑上还是能讲得通的。只要逻辑讲得通，读者们就能买账，侠义公案小说就这样流行起来了。晚清时期最流行的侠义公案小说首推《三侠五义》，这部小说讲的是一群侠客在清官包拯的带领下，除暴安良、行侠仗义的故事。

"三侠"加"五义"，一共是九个人，所谓"三侠"，指的是南侠展昭、北侠欧阳春、双侠丁兆兰与丁兆蕙兄弟；所谓"五义"，指的是钻天鼠卢方、彻地鼠韩彰、穿山鼠徐庆、翻江鼠蒋平、锦毛鼠白玉堂。

《三侠五义》是以一位民间艺人石玉昆的话本为基础，又经过后人的整理润色形成的。说到"三侠五义"这个名字，有的同学可能就要问了："我在书店还见过另外一部小说，叫作《七侠五义》，这两部小说是什么关系呢？"其实，《三侠五义》和《七侠五义》基本上是一回事儿，《三侠五义》是小说的原本，这部小说流行起来之后，有一位经学大师俞樾把它拿来，进行了一番修订。俞樾认为，小说里写了不止三位侠客，书名叫作"三侠五义"是不够确切的，他又提出了另外四个人，这样，就凑成了"七侠五义"。俞樾本人名气很大，他的修订使《三侠五义》名声大噪，从此之后，这部小说的两个书名就都流传开来了。

在《三侠五义》中，"御猫"展昭和"锦毛鼠"白玉堂可以说是最为光彩夺目的两个角色了。展昭沉稳冷静、顾全大局，白玉堂任性使气、桀骜不驯，两人之间的"猫鼠之争"贯穿了小说的前半部分，历来都是"三侠五义"故事里百讲不衰的桥段。说起猫鼠之争，我们就难免好奇了：究竟是展昭厉害，还是白玉堂厉害呢？猫捉耗子乃是自然定律，在小说中也是如此吗？

要说是"猫捉耗子"，白玉堂肯定是不服气的。事实上，他之所以挑起"猫鼠之争"，起因就是讨厌展昭的外号。偏偏这个外号还不是展昭自封的，而是皇帝的金口玉言。包拯有一次带着展昭拜见宋仁宗，在金銮殿上，展昭奉命表演了一套飞檐走壁的绝技。宋仁宗天天在宫里与文官为伍，哪里见过如此神妙的轻功呢？龙颜大悦之下，就给展昭封了一个四品御前侍卫的官职，还称赞他是"朕之御猫"。皇帝都发话了，谁敢不服气呢？于是，"御猫"之名便不胫而走，展爷威名赫赫，震慑四方。

其实，"御猫"这个外号还是挺低调的，既不是猛兽，又不是猛禽，小小一只，与人无害，按理说是不该惹出什么乱子来的。别人确实都没有意见，可是，白玉堂一听就炸了：御猫御猫，专捉老鼠，他是捕快，我是侠客，这个展昭岂不是专门生来克我的吗？这还了得？简直是"是可忍，孰不可忍"！白玉堂是个暴脾气，他把行李一背，就杀到京城来找展昭决斗了。

怎么决斗的呢？直接在人家门外喊"展昭你出来决一死战"吗？那也太低级了，显不出白五爷的高明来。白玉堂很狡猾，他使了个"撩一把就跑"的办法，轻轻巧巧地把展昭钓上了钩。原来，展昭在包拯的开封府里供职，开封府有"三宝"，分别是阴阳镜、古今盆、游仙枕，包拯靠这三件宝物侦破了许多奇案。如果能把三宝偷走，那么，展昭就不得不出面追查了，这样，两个人就可以光明正大地比一场了。白玉堂的这一计就叫作"引蛇出洞"。

不过，三宝也不是那么好偷的，它们平时都被仔细地藏起来，白玉堂并不知道东西放在哪里。在开封府里一处一处地找太不现实了，院子里到处都是巡逻的兵卒，时间拖得越长就越危险。那么，该怎么办呢？白玉堂又生一计，这个计策叫作"投石问路"。怎么个问法呢？相当简单，先找张纸，写个小纸条，然后把纸条搓成一团，找到包拯的书房，趁着包拯在里面看书的时候，"啪"的一声把纸团砸到他鼻子底下。

这时候，包拯自然就拿起纸条来看了，里面写着什么呢？只见一首打油诗："我今特来借三宝，暂且携归陷空岛。南侠若到卢家庄，管教御猫跑不了。"哎哟哟，这还了得？包老爷大惊失色，连忙叫自己的侍从去仓库里检查三宝还在不在，这样，三宝的藏身之所就明晃晃地送到白玉堂的眼皮底下来了。他悄悄跟在侍从背后，等到了地方，再引开侍从，然后，便取了东西，大摇大摆地溜走了。

等展昭急急忙忙地赶过来，白玉堂早就跑得连鼠毛都摸不着一根了。展昭没办法，只好按白玉堂说的，到陷空岛上的卢家庄去找人。陷空岛乃是白玉堂的老巢，而且白玉堂又很擅长机关之术，在老鼠的主场里，御猫能占得到便宜吗？

开始的时候，的确没能占到便宜。展昭进了卢家庄，便沿着台阶一路往里走，走啊走啊，终于找到一间屋子，里面有个人影，看上去特别像白玉堂。这时候，展昭已经心浮气躁，他仗着自己武艺高强，便一脚踢开房门，准备进去与白玉堂好好打上一架，最好是直接把他揍得头破血流、认罪伏法。

可是，白玉堂又怎么会在这里傻乎乎地等着呢？等到展昭一把揪住这个"人"的肩膀，才惊愕地发现，原来这根本不是白玉堂，而是一个用机关做成的假人。他情知不妙，立刻飞身后退，可是却为时已晚，只听"轰隆"一声，地板中间露出一个大洞，展昭躲避不及，直接从洞中掉了下去。大洞下面是一张渔网，展昭被牢牢缠在渔网之

草根文学的「逆袭」

中，又被几个人扛着关进了一处山洞。他到了山洞里，定睛一看，只见四壁都是几丈厚的石头，挖也挖不动，只有一扇大门，从里面也打不开。到了这里，可谓是叫天天不应，叫地地不灵，再怎么武功盖世，也是插翅难飞了。石壁正中间，悬着一片小小的牌匾，上面还写着三个字——"气死猫"。

呔，这可真是龙游浅水遭虾戏，虎落平阳被犬欺，展昭一世英雄，这回落到白玉堂手里，好像也不得不认栽了。白玉堂正是这么想的，于是，他便得意扬扬地对展昭说："御猫大人，我给你十天时间，只要你能从这里逃出去，还能把三宝偷走，我就甘拜下风，跟你到开封府去，任凭包大人差遣。"说完之后，他就优哉游哉地喝酒庆祝去了。这时候，展昭该怎么办呢？难道他就束手就擒吗？

当然没有。有道是，你有你的张良计，我有我的过墙梯，展昭只用了一计，就轻松脱困了。什么计呢？反间计。"五义"是五个"鼠"，他们是结义兄弟，原本都住在卢家庄中。早在白玉堂偷三宝之前，五鼠中就有三鼠已经接受了开封府的官职，故此，展昭这次并不是一个人来的，他还带了好几个帮手。白玉堂擒住了展昭，展昭也没有挣扎，就老老实实地在山洞里睡大觉，与此同时，三鼠便光明正大地从大门里进来，先到山洞里放了展昭，再劫走三宝，最后，大家还齐心合力，把白玉堂捉了个正着。

事已至此，白玉堂还能说什么呢？他只好愿赌服输，跟展昭一起到开封府去，归还三宝，并且接受了包拯提供的职务。

其实，我们能看得出来，从《水浒传》到《三侠五义》，侠客们的思想观念已经发生了非常明显的变化，"杀上东京，夺了鸟位"的想法不复存在了，被普遍接受的则是"大丈夫生于天地之间，理应与国家出力报效"。在这样的氛围之下，最像"侠客"的白玉堂反而成了一个人人侧目而视的异端，就连与他结为兄弟的四鼠都无法理解他的想法，指责他"任性妄为""不顾大局"。

这样的变化恐怕与时代的变迁有着密不可分的联系，晚清时期，社会开始发生动乱，老百姓无力分析社会的弊病从何而来，只能寄希望于清官整顿秩序、侠客除暴安良，可以说，侠义公案小说的流行现象，反映出了一种普遍的社会心理。当然，我们必须承认，亡国灭种的危机不是区区几个清官、侠客就可以解决的，从这个意义上说，侠义公案小说的想法又是比较初级、比较表层的。此时此刻，救亡图存的尝试才刚刚开始，漫漫前路，正等待着进一步的探索。

第十六章

十三妹最后为什么变成了贤妻良母？

——《儿女英雄传》

《三侠五义》大受追捧，带动了侠义公案小说的流行热潮，几年之间，便出现了大量模仿之作，比如《小五义》《续小五义》《施公案》《彭公案》《七剑十三侠》《仙侠五花剑》等等。不过，常言说得好，"第一个尝试者是天才，第二个追随者是人才，第三个模仿者是蠢才"，模仿的人多了，侠义加公案的模式就不新鲜了，挑剔的读者们在一阵兴奋之后，很快就渐渐进入了倦怠期。

不仅读者们看得没意思了，小说家们自己也写得没意思了，毕竟，侠义公案小说的套路是非常固定的，《三侠五义》已经把能写的桥段都写尽了，后来者很难再翻出什么新花样来。写无可写，就得穷极思变，有些头脑灵活的小说家便逐渐抛弃了侠义公案的套路，开始想办法推陈出新了。怎么推陈出新呢？一个最直接的办法就是给侠义小说的树桩子上面嫁接新枝条：《三侠五义》已经向我们证明，侠义小说是一个非常具有兼容性的树桩，上面既可以嫁接苹果枝，也可以嫁接橘子枝。既然我们能把公案小说嫁接上去，那么没道理别的种类就不可以啊，对不对？

说干就干。大家撸起袖子尝试了一通之后，就得出了新的配比方案，这个方案就是侠义加言情。其实，在以往的侠义小说之中，英雄常常是绝情弃爱的，有道是，"兄弟如手足，女人如衣服""温柔乡即是英雄冢"，大家默认，沉迷于儿女情长会消磨人的意志和锐气，拴在老婆裙带上的英雄是要被人笑话的。所以，无论是《水浒传》《说唐全传》，还是《三侠五义》，里面都很少出现女性角色，即使有，也多半是像母大虫、母夜叉那样的"男人婆"，除此之外，就只有潘金莲、阎婆惜那样的反面角色了。

那么，"英雄必须要绝情弃爱"这种想法有没有道理呢？我们可以相当肯定地回答：没有道理。因为这是一种建立在偏见之上的想法。我国古代社会曾经盛行"红颜祸水论"，大家认为，商朝会灭亡，是妲己惹的祸；周朝会灭亡，是褒姒惹的祸；唐朝会发生安史之乱，是杨贵妃惹的祸……总之，都是坏女人教坏了皇帝，所以国家才会出乱子。那么事实是不是这样呢？显然并不是这么简单的。到了近代的时候，"红颜祸水论"渐渐被动摇了，这时候，以往侠义小说中的感情观也就受到了人们的质疑。

怎么质疑的呢？我们本章要讲到的《儿女英雄传》就在开头第一章提出了一番针锋相对的见解：

这"儿女英雄"四个字，如今世上人大半把他看成两种人、两桩事；误把些使气角力好勇斗狠的认作英雄，又把些调脂弄粉断袖余桃的认作儿女。所以一开口便道是"某某英雄志短，儿女情长"；"某某儿女情薄，英雄气壮"。殊不知有了英雄至性，才成就得儿女心肠；有了儿女真情，才做得出英雄事业。譬如世上的人，立志要做个忠臣，这就是个英雄心，忠臣断无不爱君的，爱君这便是个儿女心；立志要做个孝子，这就是个英雄心，孝子断无不爱亲的，爱亲这便是个儿女心。至于"节义"两个字，从君亲推到兄弟、夫妇、朋友的相处，同此一心，理无二致。

　　这话的意思就是说，真正的"英雄"，必须要意志坚定、英勇无畏，真正的"儿女"，必须要重情重义、道德高尚，情感是维持意志的动力，意志是实现情感的保障，所以，"英雄"和"儿女"本来就可以画上等号，侠骨和柔肠完全可以同时在同一个人身上存在，根本就没有什么冲突。那些嚷嚷着"温柔乡即是英雄冢"的人，他们的思想境界太低下了，根本就不明白真正的英雄和儿女是什么样的，所以，他们把土匪误认成了英雄，把窝囊废误认成了儿女，跟他们谈"英雄儿女"，就等于对牛弹琴，所谓"夏虫不可语冰"。

　　其实，我们得承认，《儿女英雄传》的作者对"英雄"和"儿女"的认识并没有多么高大上，看看他举的例子就知道了，"忠臣""孝子""义夫""节妇"，完全没能脱离纲常名教的小圈子，其迂腐程度简直与读书读傻了的老学究有得一比。但是，有一件事他却说得很对，

草根文学的「逆袭」

"英雄"与"儿女"这两个身份并不是互相冲突的，谁说铁血男儿就没有脉脉柔情了呢？谁说闺阁弱质就没有侠肝义胆了呢？任何性格都不是独属于某一个性别的，更不是独属于某一种身份的，我们以贴标签的方式去规定某个人能做什么、不能做什么，便会在无形中失去世界和人生的多样性。

恐怕正是由于这个原因，侠义加言情的小说模式才赢得了如此广泛的读者，并且还经过不断演化，成为代代延续、屡试不爽的经典小说模式之一。晚清时期，有《儿女英雄传》《绿牡丹》等作品；现代文学之中，有张恨水、还珠楼主这样的通俗小说大家；到了今天，还有金庸、古龙、梁羽生……我们甚至还能从各类仙侠、玄幻甚至魔幻小说中找到这一模式的不同变体。可以说，它的粉丝规模已经达到"包举宇宙，囊括万类"的地步了，这样的成功并不是一个偶然现象。

晚清时期，最典型的侠义言情小说当属文康所作的《儿女英雄传》了。这部小说围绕安、何两家的冤案展开，副将何杞被人陷害，死于狱中，其女何玉凤立志报仇，化名十三妹，遁迹江湖。淮阴县令安学海亦为人所陷，其子安骥筹银千两前去营救，途中，与村女张金凤一同落难于能仁寺，被何玉凤搭救。何玉凤说合安骥与张金凤定亲，并解囊赠金、借弓退寇，助安骥一行人平安到达淮阴。安父后来得救，而玉凤听闻自己的仇人已死，便意欲出家，最后，终于在劝阻之下打消了这个念头，也嫁给安骥，夫妻三人白头偕老、安享富贵。

在《儿女英雄传》中，侠女十三妹这个形象是相当突出的，她既有英风侠概的一面，又不失温柔细致，可以说，在她身上，非常集中地凝聚了作者对"儿女英雄"的设想。小说的第四到第十回集中笔墨记叙了十三妹行侠仗义的行动，是全书中写得最精彩的部分之一。

这一段情节是从安骥携金救父开始的。安学海得罪了上司，被揪住错处陷害入狱，案件的判决下达，要求安家必须赔偿官府白银五千两，否则就要把安学海革职问罪。安学海是个清官，家里虽然不至于穷得吃不上饭，却也没有什么余钱，这回一下子要赔偿五千两，到哪里去找这么多银子呢？安骥没办法，只得去找父亲的亲朋故交借钱，东拼西凑，好不容易凑了两千多两，便急忙收拾了行李，想要带着这些银子到淮阴去搭救父亲。

安家在北京，淮阴在江苏，两地隔着三千里。那时候是没有火车、飞机的，最发达的交通工具是小毛驴，安骥得领着仆人，带着银子，一路"嘚嘚嘚"地赶过去。路上要吃多少苦就不用说了，关键问题在于，这一路上有无数的荒山野岭，我们看过《水浒传》都知道，乱山岗、小树林、野庙加黑店，这些地方要是没有拦路的土匪、剪径的强盗，简直连老天爷都看不过去。但是我们知道，安骥却不知道，他带了一个老仆，雇了两个骡夫就上路了，一路上走啊走啊，就到了一个叫作"悦来客栈"的地方。

人倒霉的时候喝水都塞牙缝儿，安骥一行人势单力孤，本来就已经很危险了，偏偏老仆路上犯了痢疾之症，上吐下泻，倒在床上爬不起来了。没办法，老仆只好给自己的亲戚写了一封信，准备把亲戚请过来，照应着安公子到淮阴去。亲戚家离悦来客栈有二十里，安骥拿了信，就把两个骡夫叫过来，给了两人几吊赏钱，派这两个人去给自己送信。

两个骡夫出门去了，安骥一个人坐在客栈的大堂里，越坐越觉得瘆得慌。为啥瘆得慌呢？因为对面来了一个美貌女子，不知道为什么一直盯着安骥这边看。安骥在家娇生惯养，从来就没有一个人单独在陌生环境待过，这会儿一紧张，心里就开始犯嘀咕了："对面这个女子为什么要盯着我看呢？肯定不是看我长得帅吧？哎呀，她不会是强盗的眼线吧？想是看我包袱沉重，所以先盯准了人，好等晚上的时候来摸我的包袱？"他越想越不自在，站起来在屋子里走了两圈，四下一看，忽然看到院子里有一个三百多斤的大石头，安公子马上计上心来，便招手把店小二叫过来，给了他点大钱，想叫他找人帮自己把石头抬到屋子里，再把房门堵上。安公子美滋滋地心想：看我多聪明，这样，晚上强盗不就摸不进来了吗？

这个主意妙不妙？其实是不大妙的。为什么不妙呢？很简单，没门，不是还有窗户吗？强盗又不是傻子，要是他打定主意要进安公子的屋子，一块石头肯定是挡不住的。不过安公子是个傻白甜，他主意已定，顿觉心中安稳，这会儿便眼巴巴地等着店小二把石头给搬进来。可是没想到，几个大汉围上去，喊着号子抬了半天，石头依旧岿然不动，没有半点要挪窝的意思。这可怎么办呢？安骥正在着急，对面那个女子忽然动了，只见她莲步姗姗，来到石头面前，伸出一只手，轻轻一拎，便把石头拎了起来。

美女拎着三百多斤的大石头，款款来到目瞪口呆的安公子面前，冲他嫣然一笑，很有礼貌地问道："公子，请问石头要放在哪儿呢？"安公子："……"他心中淌下了宽面条泪，只好结结巴巴地答道："随、随、随、随便放哪儿吧！"岂料这位食人花竟然还不肯放过他，她大模大样地进了安公子的屋子，还与安公子攀谈起来了："敢问公子贵姓？仙乡哪里？要去何方？为何孤身一人在此？"

安公子哪敢把实话告诉她啊，便含混支吾了几句。谁知道这个女子不仅力气大，还十分不好骗，她听完安公子的答案，便冷笑一声，说道："你这人真是不知所谓，我与你素不相识，如今来问你话，自然是有原因的。你不肯据实而答，竟然还拿谎话糊弄我，莫非我是傻子不成？我也不和你废话，看你要搬这石头，想必是怀疑我了，所以我才来显示显示手段，好叫你知道是错怪了好人。我要是想于你不利，难道还用使什么鬼蜮伎俩吗？"

话说到这个分上，安公子顿时惭愧不已，他先赔礼道歉，然后一顿竹筒倒豆子，将自己姓什么、叫什么、从哪儿来、到哪儿去、去干什么全说了。女子听完之后，神色便有所缓和，然后嘱咐道："你一片孝心，实在难得，我出门替你安排一下前路，你等我回来再出发，不要被人诓了去，切记切记！"

那么安骥听了没有呢？本来听了，但是等了一阵，女子没回来，两个骡夫先回来了。被人一撺掇，安骥就又没主意了，急匆匆地跟着骡夫上了路。没想到，骡夫却没安好心，原来，他们看安骥年幼可欺，便没去送信，只打算编个谎话把安骥骗到荒无人烟的地方，一刀结果了他的小命，再卷了他的银子远走高飞。安骥跟着骡夫走啊走啊，越走越不对劲，眼看着天都要黑了，也没到达他们要去的地方。就在这个时候，路边出现了一座小庙，安骥如逢甘霖，过去问路，老和尚便信誓旦旦地说："前面都是野地啦，客官啊，您还是在我们这儿住一宿再走吧！"

事已至此，不住也得住了。岂料，这座庙里的和尚乃是一伙假和尚真土匪，天黑之后，几个彪形大汉围上来，先捆了骡夫，再捆了安骥，然后掏出一把解腕尖刀，只待这么一捅，再一挖，安骥的小心肝就会被摘下来做成下酒菜了。难道安公子出师未捷，竟然要殒命在这里吗？说时迟那时快，就在和尚举起刀来的时候，背后跳下来一个人影，这个人影手起刀落，几个和尚便纷纷身首异处。安骥化险为夷，拜谢恩人的时候，定睛一看，咦，这不就是白天那个美女吗？

这个美女就是十三妹何玉凤。原来，早在安骥派两个骡夫出去送信的时候，她就在路边的草丛里听到了他们谋害安骥的计划，所以，她才连忙赶到悦来客栈，想要提醒那个被算计的倒霉鬼。谁料安骥虽然得到了她的提醒，却没听她的话，结果先被骡夫引上了岔路，又撞上了一伙凶僧，险些丢了性命。十三妹从刀下救了安骥的小命，又拿出一包金子，对安骥说道："你为了解救父亲敢于孤身犯险，我非常敬佩你的一番孝心。我没什么能帮你的，这些金子就送给你，助你凑足五千两之数，希望令尊能早日脱险。"安骥感激不已，十三妹却不以为意，淡淡一笑，便飞身上马，飘然而去了。

十三妹帅不帅？太帅了。她生性正直，处事当机立断，武艺高强，仗义疏财不求回报，这一番表现与任何一部侠义小说的主角相比，都毫不逊色，我们称她一声"何女神"，绝对是当之无愧的。其实，《儿女英雄传》受人

草根文学的『逆袭』

称道的原因之一便是它塑造了"十三妹"这样一个侠女的形象，在当时，以女子为侠义小说的主角还是很少见的，《儿女英雄传》可以算得上是开先河之作了。

不过，有趣的是，在《儿女英雄传》中，"侠女十三妹"很快就变成了"贤妻何玉凤"，从第十章以后，"何女神"耍帅的戏份就大大减少了，到了第二十八章，她更是在众人的劝说中，回归家庭，过起了持家理财、相夫教子的太平生活。这两个何玉凤的言行之迥异、相差之悬殊，已经到了天壤之别的地步，鲁迅先生就曾经批评过："缘欲使英雄儿女之态，备于一身，遂致性格失常，言动绝异，矫揉之态，触目皆是矣。"

这就很不符合常理了，难道作者自己不知道他的人物塑造得很牵强吗？而且，这个问题本来是可以解决的，只要安排十三妹拒绝嫁人的提议，不就可以让她一直保持侠女本色，从而避免这个漏洞了吗？作者为什么非要让十三妹回归家庭呢？

其实，这个问题与《儿女英雄传》的创作理念是分不开的。文康要写的儿女英雄，是"忠孝节义"的儿女英雄，换句话说，就是恪守纲常名教的儿女英雄。按照礼教的要求，理想的生活就要"父慈子孝，兄友弟恭，夫义妇顺"，所有人在伦理的规范之下各安其分。所以，十三妹这条"孽龙"是一定要被收服的，必须"整顿金笼关玉凤"，才算得上美满结局。至于把侠女变成贤妻良母这种做法是不是不科学、是不是反而损害了这个人物的光彩，那就是顾不得的事情了。正因为如此，有些研究者认为《儿女英雄传》的思想境界迂腐平庸，这个批评也是有一定道理的。

十三妹变成贤妻良母是好事还是坏事呢？除了家庭之外，她是不是还有别的出路呢？在《儿女英雄传》的时代，作者很难找到这个问题的答案，那么，今天的我们是不是可以提供一些新的思路了呢？也许，直到今天，这个问题依旧是一个问题，它跨越了百年时光，等待着新的书写者。

草根文学的「逆袭」

第十七章

为什么会出现这样的"狭邪小说"？

——《花月痕》与《海上花列传》

在小说这个大圈子里，也是存在着不同阵营的，市井小民与文人士子的物种差异之大，简直好比喵星人与汪星人，他们的思想观念、兴趣爱好、审美品位都截然不同，所以，两个群体写出来的小说也是截然不同的。明清小说讲到这里，大家可能都已经发现了，从说书话本发展而来的小说走的多半是打打杀杀的路子，不是两军对阵，就是英雄比武，简单粗暴，节奏明快；而读书人独立写出来的小说走的却多半是自伤自怜的路子，经常从人生失意转向情情爱爱，心思复杂，讲求唯美。

这种差异在晚清小说中依旧延续了下来，《三侠五义》是比较典型的市井创作，它最初的作者就是一位说书艺人。显然，在这部小说中，靠打打杀杀吸引人的套路仍然是相当鲜明的。那么，这一时期有没有典型的文人创作呢？也是有的，清初的才子佳人小说曾经掀起过一阵全民贩售热潮。

我们之前讲过，一种水平如此一般的小说能够被大家买账，原因恰恰是它准确地搔中了失意文人的痒处。其实，古往今来的失意文人的想法都是差不多的，才子佳人小说之后有《聊斋志异》，《聊斋志异》之后有《红楼梦》，到了近代，源远流长的"才子佳人"模式又衍生出了一种新的变体，这个变体就是狭邪小说。

所谓"狭邪"，原本的意思是小街曲巷，不过，这个词语的含义很快就扩大了，也会被用来指代小街曲巷里的事物。那么，小街曲巷里有什么事物呢？有青楼和戏院。所以，"狭邪小说"讲的其实就是士子与名妓优伶的故事。这个名字是鲁迅先生起的，他在《中国小说史略》中首先使用了"狭邪小说"的说法，后来，这个名字就被我们沿用了下来。

说到狭邪小说，大家的第一反应一般都是嘴角往下撇，不得不说，这个反应是有道理的。毕竟，倚门卖笑并不是什么高尚的职业，流连青楼也不是什么值得称道的行为，人的身体和感情都是非常神圣的事物，我们理应以郑重的态度去对待它们，而不是把它们当作钱色交易的对象。因此，在读狭邪小说的时候，我们也必须要明确一点，那就是，这些小说里所描写的许多做法都是不见容于社会道德的，甚至是违法的，我们要注意加以甄别，这样，才是一个有判断能力的好读者。

既然不见容于社会道德，为什么还有那么多人写、那么多人看呢？更重要的，我们今天为什么还要给予它一定的文学地位呢？这是因为，狭邪小说是一个特定时代的真实写照，它的笔触深入到社会的阴暗角落，为我们揭开了末世众生心相的一角。除此之外，在文学发展的脉络之中，士子加名妓的组合也是一个非常经典的故事模式，狭邪小说上承"三言二拍"和才子佳人的余韵，下开谴责小说、鸳鸯蝴蝶派的理路，是文学史上一个绕不开的话题。

比较著名的狭邪小说有《风月梦》《品花宝鉴》《花月痕》《青楼梦》《海上花列传》《海上繁华梦》《九尾龟》等等。按照小说主题和作者态度的变化，我们可以大致将它们划分为两类：

第一类狭邪小说是在京都兴起的，以"溢美型"的作品为主。这类作品的作者就是我们所说的失意文人，作者通过大力描写士子与名妓同病相怜、互相理解的知音之爱，曲折地排遣了自己身世飘零、有志难伸的感伤之情。其中的名妓和优伶往往被塑造成至善至美的化身，她们能诗善画、知书达理、多愁善感、品性坚贞，是作者心中理想爱人的投影。这一类作品与才子佳人小说的联系相当紧密，两位主角也会借助琴棋书画来传情达意，小说中有大量吟诗作对、观景赏花、煮酒烹茶的场景。除了女主角的身份由大家闺秀变成了青楼花魁之外，故事的主题和意蕴与才子佳人小说都是差不多的。

比较而言，第二类狭邪小说就显得十分"新潮"了，这类作品是在上海兴起的，其中表现出更多暴露现实乃至"溢恶"的倾向。上海是近代最早开放的通商口岸之一，大量涌入的西方商人在这里建立了鳞次栉比的高楼和工厂，工厂运转促进了商业繁荣，商业繁荣又带动了娱乐消费，早在晚清时期，上海就开始显现出了现代大都市的面

草根文学的「逆袭」

貌。不过，这种繁华又是畸形的，一方面是花花世界、十里洋场，有钱人在这里灯红酒绿、纵情声色；另一方面，在这座城市的犄角旮旯里又埋藏了无数下层穷苦人的斑斑血泪。妓院作为罪恶的渊薮，便成了作者们刻画浮华世相的最好场所，他们写妓院里的诱惑、沉沦、挣扎、绝望，从中又衍生出对世事浮沉的悲凉体悟。

现在，我们就分别以《花月痕》和《海上花列传》作为"溢美型"狭邪小说与"近真型"狭邪小说的代表，一起来看一看所谓的"狭邪小说"都讲了什么故事。

《花月痕》采取双线并行的结构，分别讲述了两对有情人的故事。其中，韦痴珠与刘秋痕苦苦相恋却不能遂心，痴珠怀才不遇、潦倒江湖，年纪轻轻便一病而亡；秋痕不愿沦落风尘，进行了决绝的抗争，却因鸨母从中破坏而心愿落空，痴珠死后，秋痕亦殉情而死；而另一对有情人韩荷生与杜采秋则十分幸运，荷生才兼文武，在仕途生涯中如鱼得水，屡建奇功，最终得以封侯；采秋也如愿以偿地脱离了娼门，与荷生白头偕老，得封一品夫人。两个故事一悲一喜、一枯一荣，形成了鲜明的对照。

荷生与采秋是小说中的"对照组"，他们的荣耀显贵更反衬出了痴珠与秋痕的悲凉。事实上，在《花月痕》中，作者真正要写的是痴珠与秋痕这一对落魄才子与苦命佳人的故事，我们甚至可以说，在很大程度上，痴珠就是作者的自况，他的痛苦就是作者的痛苦，他的眼泪就是作者的眼泪，这个人物形象身上，折射出的是一代人的共同情感与共同命运。

那么，韦痴珠是一个什么样的形象呢？简而言之，就是一个"时代多余人"的形象。与一般才子佳人小说的男主角一样，他少年时期受到了良好的教育，饱读经书，工善诗词，在才学上是没有什么问题的。而且，他十九岁就中了乡试，此后还游历大江南北，西登太华，东上泰山，积累了丰富的阅历。按理说，这么一个相貌端正、才华横溢、志存高远的年轻人，不正是优秀儒家士子的代表吗？他本应该继续参加科举考试，先中举人，再中进士，然后为官做宰、一展宏图，实现自己的政治抱负。这个过程中出了什么差错，使他变成了落魄文人呢？

事情坏就坏在这个人的性格上。韦痴珠是一个孤高狷介之人，他刚刚成名的时候，锋芒毕露，写了一个《平倭十策》的折子，准备劝谏当权者挺起腰杆来，狠狠地把侵略者撵回老家去。这个主张对不对呢？其实是对的，但是作为一个后辈小子，指着权贵老爷的鼻子骂人家这里做得不对，那里做得不对，岂不是自讨苦吃吗？痴珠的上书犯了忌讳，招来了大祸，幸亏有恩师从中周旋，才保住一条小命。但是，从此之后，他的仕途就受到了影响，他不得不浪迹天涯，客游他乡，空有一腔救国热血，却不知该如何施展。

其实，平心而论，性格与做官是两回事，清朝的选官制度里也并没有一条规定说"不会讨好上司的人不许做官"，但是，到了晚清时期，官场已经彻底走向了腐朽，一个常常出现的状况便是，势利小人左右逢源、如鱼得水，正直君子反而被视为异类，被排挤、被孤立。纵观朝廷上下，众人不是拉帮结派，就是行贿受贿，大家都想着如何苟全自身、捞足好处，却没有人关心国家和民族的命运。在这样的情况下，清高的韦痴珠自然就变得不合时宜了，他既不愿同流合污，又没有能力杀出一条血路，最后就只好被游戏规则淘汰，成了一个满腹牢骚的局外人。

"被迫出局"使韦痴珠心中充满了孤愤与伤痛之情，十年间流落江湖的经历又使他饱尝了世态炎凉，感到深深的孤独无助。在这样的时刻，美丽而刚烈的刘秋痕一出现，便深深地触动了他的内心。秋痕的身世比痴珠还要可悲，她幼年丧父，生母改嫁，不得不跟着年迈的祖母一起生活，没过几年，又不幸赶上了灾荒，在逃荒的路上被人拐卖，先是被卖入大户人家为婢，后来又被骗入娼门。秋痕才色双全，尤善音律，本该是青楼中的风光人物，但是她依旧保留着自尊自爱之心，并不愿意沦落风尘。因为她性格冷淡，总是对嫖客不假辞色，所以便常常受到鸨母的欺凌。

痴珠在秋痕身上看到了自己的影子：他们两人都有鹤立鸡群之才，又都与周围的环境格格不入，时刻感到一种锥心刻骨的孤独。两个人由同病相怜到互为知音，由彼此安慰到互相倾慕，在这个过程中，便自然而然地萌发出了爱情。说到这里，大家大概都开始感觉到不对劲了：咦，这个形容，怎么那么像贾宝玉和林黛玉呢？

　　其实，事实也的确如此。《花月痕》受到《红楼梦》的影响很大，小说中有一章叫作"影中影快谈红楼"，讲的就是痴珠与秋痕共读《红楼梦》的故事。宝黛那种以精神相通为基础的纯洁爱情，正是《花月痕》努力想要追求的境界。但是，这么说的话，问题就又来了：寻找知音何必非要找到青楼里去呢？这个现象是很有讽刺意味的，按照常识，风尘女子迎来送往，对待感情是很少有真心的，喜欢谁不好，非要喜欢一个"职业感情诈骗师"，难道作者自己不会觉得别扭吗？

　　这个问题可能会有很多答案，比如妓院林立的客观环境、日渐崩溃的社会道德、盲婚哑嫁的婚姻制度、名妓的文化素养比良家女子更高等等，不过，最重要的一个原因与作者自己的创作心态有关。我们之前讲到，韦痴珠是一个比较典型的"时代多余人"形象，这个说法太委婉了，说得严厉一点，韦痴珠就相当于一个眼高手低的窝囊废。其实，就算被官场排斥，他也不是什么都不能做的，像张

草根文学的「逆袭」

謇那样实业救国，像章太炎那样投身于教育，或者像戊戌六君子那样冒死一搏、杀身成仁，又能有多难呢？说白了，他不是不知道该做什么，只是性格软弱怠惰，什么都不愿意做罢了。

对于痴珠而言，如果能忘掉自己满脑子的救国之策，那么，他还可以做一个无知无识的庸碌大众；如果能当机立断、采取行动，那么，他也能找到自己的人生价值，即使不成功，也不必留下什么遗憾。偏偏他哪个都做不到，于是，就只好不尴不尬地吊在中间，天天自怨自艾，以泪洗面。这样一个伤春悲秋的人是不可能在柴米油盐酱醋茶的庸常生活中找到爱情感觉的，而且他也并没有能力去经营那样的生活。比较而言，还是到妓院里去找温情更容易，只要肯花钱，弹琴跳舞、吟诗作对、烹茶煮酒，想要什么风雅的花样都有。作者与痴珠一起在温柔乡中陶醉不已，至于美人的盈盈笑靥下面是不是还藏着什么别的算计，那就都是顾不得的事情了。

在妓院里生死相许的滋味美不美？美。但是虚伪不虚伪？太虚伪了。说白了，像秋痕那样出淤泥而不染的风尘女子不过是作者臆造出来的幻象，而她与痴珠唯美的爱情也仅仅是一场落魄书生的白日梦而已。在现实中一无所成，便想要逃到情爱中去寻找救赎，但是假的终归是假的，因此，"溢美型"的狭邪小说在流行了一段时间之后，就遭到了读者的冷遇。这个时候，海派的狭邪小说就流行起来了，《海上花列传》可以说是其中一部杰出的代表。

《海上花列传》是一部吴语方言小说，它以一对农村兄妹赵朴斋、赵二宝在上海辗转求生，最终沦落到妓院的经历为线索，一共交代了五组情侣分分合合的故事。这些人物性格各异，他们或泼悍，或奸谲，或柔顺，或痴顽，但既非至善也非至恶，只是在无形的红尘之网中奋力挣扎的小人物而已。作者巧妙地追踪着每一个人物在无穷无尽的物欲中逐渐走向沉沦堕落的踪迹，笔锋所及，上至达官显贵、富贾缙绅，下至掮客篾片、贩夫走卒，无不面目宛肖、穷形尽相。在这部作品中，既没有《花月痕》中那种绮艳旖旎的爱情描写，也没有后期狭邪小说中普遍出现的色情成分，取而代之的是坐卧起居、一日三餐、争风吃醋的日常生活，这些琐事以一种非常贴近本来面貌的方式被一一讲述出来，看似平平无奇，却又蕴含着无限的悲凉与无奈。

在所有的狭邪小说中，《海上花列传》所受到的称道恐怕是最多的，鲁迅赞扬它一反"摹绘柔情，敷陈艳迹"的旧套，首开"描写妓家，暴其奸谲"的先河，具有"平淡而近自然"的独特风格；胡适则着重分析过它"穿插藏闪"的笔法，认为这部小说是一部"很有组织的书"，

草根文学的「逆袭」

204

"富有文学的风格与文学的艺术"；张爱玲甚至认为《醒世姻缘传》与《海上花列传》可以进入世界名著之列，为了将《海上花列传》介绍给更多的读者，她还将这部小说从吴语方言翻译成国语和英语，我们现在看到的国语版《海上花》就是张爱玲的贡献。

狭邪小说的流行与弊病丛生的社会现实有着密不可分的联系，它是自伤自怜、搜奇猎艳、谋求商业利益等多种复杂心态交织作用的产物，从中，我们既可以看到一幕幕光怪陆离的末世社会众生图景，又可以感受到某种微妙的时代共同心理。在某种意义上，它也是一个无言的历史见证者，为我们记载了一代人的希冀、眼泪、沉沦与困兽之斗。狭邪小说的主角们已经成为故纸堆里的过去，而我们所能做的，恐怕就是述往事、思来者，"勿使后人而复哀后人矣"了。

第十八章

社会怎么会变得这么荒唐？

——四大谴责小说

从鸦片战争开始，贪得无厌的西方列强掀起了一波又一波瓜分中国的狂潮，清政府无力抵挡洋人的坚船利炮，不得不一次又一次地签订丧权辱国的不平等条约，为这些侵略者来中国敲骨吸髓大开方便之门。不过，说到这里，就出现了一个有趣的小问题：西方列强为什么要来侵略中国呢？他们能从中国得到什么好处？翻翻历史，我们就会发现，战争总是发生在相邻的两个国家之间，你的地盘大、我的地盘小，你的羊群多、我的羊群少，资源分配不均就容易发生矛盾。这就像"三八线"的问题一样，同桌之间才有因为这件事打架的必要，如果张三坐在教室的西北角，李四坐在教室的东南角，他们还能打得起来吗？还打就是脑子有问题了，对不对？

这么说来，西方列强岂不是全都脑子有问题了？从欧洲到中国，中间隔着无数的高山和沙漠，从美国到中国，中间隔着整整一片大海，就算他们把整个中国都攻破，又能得到什么好处呢？总不能把中国的土地都装到轮船上运回去吧？

这个问题就要从经济传统上说起了。在技术水平还不太发达的时候，一个国家中最重要的经济支柱就是农业，毕竟，大家得先种地才能有粮食吃，如果连皇帝都吃不饱肚子，就别谈什么政治、军事、文化了。农业是要靠天吃饭的，所以，最早的文明古国一般都出现在风调雨顺、土地肥沃、河流密集的地方。那么欧洲怎么样呢？欧洲的情况特别不好，那里已经很靠近北极圈了，气候寒冷，只能长草，长不了庄稼。农业不发达，人就没饭吃，没饭吃就要饿死，有些人饿得不行了，一拍脑袋，想出来一个办法。什么办法呢？做海盗。

做海盗乃是一项没本钱的买卖，只要找一条破渔船，在上面装两把枪，再在腰里别把大刀就可以出发。到了海上，就四下转悠，看看哪条船吃水最深，赶紧全速开过去，船头向下，"嘭"地一撞。对面的船猝不及防，往往就会被撞出一个大洞，然后海水就"轰隆隆"地涌进船舱里了。趁着他们乱成一窝蜂的时候，海盗们就会举起大刀杀过去，先用绳子把这些魂不附体的受害者捆起来，再把船舱里的货物一箱一箱地搬到自家船上去。等到倒霉的货船与它的主人一起"噗噜噜"地沉到了海底，海盗们就可以带着自己的战利品，安安生生地回老家去吃香喝辣了。

不过，当然啦，在吃香喝辣之前还得干一件事，那就是销赃。因为打劫是要看运气的，所有的货船从外面看着都差不多，抢到的不一定是什么东西。如果抢了一船女人的衣服，海盗先生们总不能直接穿着它们出门吧？自己用不上的东西，就得放到商铺去寄卖，卖完了变成钱，再去买好酒好肉、华服豪宅。所以，很多时候海盗们也兼职当商人，或者跟商人长期保持合作，"海盗"这个行当发达起来之后，商业也就跟着发达起来了。

这时候，愁眉不展的国王们终于想到了治国的妙计：嘿，我的土地里种不出粮食来，我不会去抢别人种出来的粮食吗？如果抢不到手，用便宜的价钱买一些也可以呀！于是，他们干脆暗中出钱帮着海盗武装船队，等海盗抢来了好东西，再关起门来悄悄分赃。时间长了，"出海抢劫"发展成了一条完整的产业链：先到东方国家以低廉的价格收购棉花、烟叶、矿产，再回到本国把它们加工成布匹、鸦片和各种工业制品，最后以极高的价格把这些成品卖给东方国家。资本主义就这样发展起来了，西方的商人们，或者说海盗们，在这个掠夺原料、倾销商品的过程中迅速发家致富，都成了衣冠楚楚、风度翩翩的绅士。

说到这里，西方列强来攻打中国的原因也就浮出水面了：其实，他们本来就不是奔着中国的土地来的，那是农耕民族才会在乎的东西。西方的海盗在乎的是中国的资源和市场，只要能让他们来中国开矿、办工厂，再来中国卖东西赚钱，他们就心满意足了。咦，这么说来，西方列强的危害似乎也不是那么大呀，不就是想跟中国人做生意吗？让他们来不就行了？

当然不会是那么简单的，因为西方与中国根本就不是在互惠互利地做生意，而是一面倒地掠夺。我们知道，这个时候，西方的科学技术和工业文明都已经相当发达了，而中国还是一个落后的农业国家，这就像职业拳击手和幼儿园小朋友打架一样，中国原本的经济秩序在一波又一波的冲击中步步溃败，中国的白银大量外流，国家也就变得越来越穷了。穷到了一定程度就会出乱子：良民破产就变成流民，流民活不下去了，要么变成流氓恶霸，要么索性揭竿起义；官场越来越乌烟瘴气，贪官趁着乱世横行无忌、拼命捞钱，清官徒有一腔救国热血，却处处碰壁、灰心丧气；封建道德在欧风美雨的冲击下濒临崩溃，家庭中骨肉相残、钩心斗角，社会上尔虞我诈、弱肉强食……

可以说，国家到了这个地步，就已经走到了大厦将倾的边缘了，外有豺狼虎豹，内有魑魅魍魉，而老百姓被压在社会的最底层，已经渐渐地不堪重负、忍无可忍了。这时候，社会上就出现了一个反思的声音，大家开始思考：我们的社会为什么会变得这么荒唐呢？中国比西方差在哪里？到底要怎么做才能避免"亡国灭种"呢？

谴责小说就这样应运而生了。一批心怀义愤的作家开始在报纸上连载指斥时弊、揭露腐败的作品，他们的眼光深入社会生活的方方面面，上至达官显贵，下到三教九流，举凡贪官污吏、恶霸劣绅、洋奴买办、江湖术士、洋场才子、流氓骗子，无不收入笔下入木三分，为我们活画出一幅狼奔豕突、乱象丛生的末世社会全景图。这些大胆泼辣的小说在读者中引起了极大的轰动，报刊往往刚一出版，就被抢购一空，作者们靠着一支笔就能养活自己，好多人甚至就此成为专门写小说的职业作家。这在一直认为"小说不登大雅之堂"的传统中国，可是一个非常少见的现象。

公认的最经典的谴责小说有四部，分别是李宝嘉的《官场现形记》、吴沃尧的《二十年目睹之怪现状》、刘鹗的《老残游记》和曾朴的《孽海花》。其中，《官场现形记》专门揭发官场黑暗，将"无官不贪、无吏不污、卖官鬻爵、贪赃受贿"的封建政治内幕暴露无遗；《二十年目睹之怪现状》和《老残游记》以游历的形式，深刻地反映了吏治败坏、道德沦丧、人欲横流、光怪陆离的社会现实；而《孽海花》则以一位旧式官吏金雯青的生平经历为中心，对过时的科举制度和无所适从的旧式文人进行了辛辣的抨击。

谴责小说要谴责的头一个对象就是贪官污吏，在老百姓眼中，这些国家自己养出来的寄生虫恐怕比西洋来的侵略者更可恨。到了晚清的时候，清政府的统治已经彻底腐朽了：国家危在旦夕，可是官吏们不但不想办法解决问题，反而花样百出地发国难财，浮报开销、克扣公款、鱼肉乡民、横征暴敛，给老百姓困窘不堪的生活雪上加霜。即使"清官"也好不到哪里去，有些官员号称"一文不沾"，可是办起公务来却昏庸透顶，做长官的识人不清、误信谗言，使得河水决堤，数十万人死于非命；做下属的手段酷厉、草菅人命，为了显示"政绩"，草草将无辜良民屈打成招，酿成一出又一出血案。

《官场现形记》第四回和第五回讲了一个一省长官公开出售官职的故事，相当生动地刻画出了清政府的腐朽和荒谬：

这位长官姓何，人称"何藩台"。所谓"藩台"，职权相当于现在的省长，算是一省的土皇帝。何藩台平生最爱的是钱，他在任上的时候，就想方设法巧立名目，搜刮的银子堆成了一座一座的银山。搜刮了几年，任期快要结束了，何藩台就开始着急了："等我卷铺盖走人之后，还能去哪儿找到这么好的赚钱路子呢？以后岂不是要喝西北风吗？"那可不行，必须趁着没走人之前再好好捞一笔，多带几座金山银山回家去，仓库装得满满的，才好有备无患安度晚年。

说干就干，何藩台把心一横，就想出来一条新的致富之策：从现在开始，何老爷治下的大官小官，全部都可以"有钱者居之"了，想顶个普通差使，一千银元起价，想顶个肥缺，两万白银作数，上不封顶，公平竞价，谁有银子谁当官，何老爷一视同仁，没有丝毫偏枯。不过，这个办法来钱快是快，却有些风险，大清帝国虽然混乱，毕竟还是有律法的，公然卖官鬻爵肯定是不允许的。何老爷做官多年，哪里没有两个仇家、对手的呢？万一被他们揪住小辫子，丢官事小，抄了家可就得不偿失了。怎么办？有办法，这个办法就是"你当打手我数钱"。何藩台叫来了自己的亲戚朋友、走狗爪牙，让他们悄悄地去给自己"兜揽生意"，等到肥鱼钓上了钩，银子弄到了手，大家再关起门来慢慢分钱。

这个主意可谓是"一石三鸟"之计，何藩台自己稳坐钓鱼台，安然抽身事外；爪牙们有了捞油水的机会，趁机发家致富；那些盯着官位干流口水的人也看到了"通天梯"，交完银子摇身一变，就成了一乡、一县的长官，再从百姓身上变本加厉地把"本钱"赚回来。于是，短短几天之内，何藩台的衙门就门庭若市，大家争先恐后地揣着银票上门"拜访老大人"，生怕来得晚了，与大好的机会擦肩而过。

不过，有道是"君子坦荡荡，小人长戚戚"，何大人爱财如命，爪牙们穷凶极恶，小人和小人合作办事，一不小心就会发生矛盾。何藩台有个兄弟，外号叫作"三荷包"，这个兄弟帮何藩台当中人，给卖官的和买官的牵线搭桥，结果搭来搭去就搭出了麻烦。这又是怎么回事呢？

原来，有人看上了一个知县的官位，情愿出两千两白银去顶缺，他辗转求到了"三荷包"这里，"三荷包"一听，兴高采烈，立马答应下来，去找何藩台说合。可是没想到，何藩台这些日子银子收得多了，眼界也变得高了，他老人家嫌弃两千两银子太少，必须得要五千两银子才能答应。"三荷包"目瞪口呆，向何藩台说道："哥哥呀，咱们这么做生意是不是太狠了？那个人又不是去长期做知县，不过暂时顶两三个月的缺，这就收人家五千两，也太多了吧？"何藩台嗤之以鼻，教育弟弟道："你这傻瓜，他说是去两三个月，可是马上就到年底了，上任捞一笔，收税捞一笔，过节送礼再捞一笔，加起来怎么也得有上万银子呢，要是他手再狠点，克扣点公款，虚报点账目，还得捞得更多。就让他出一半，这多吗？不多不多，一点也不多。"

　　"三荷包"听得点头不已，赶快去找买官的人传话。孰料，这个买官的人也是个奸猾的家伙，他眼睛一转，就跟"三荷包"说道："何先生啊，在下现在又没到任，着实拿不出那么多银子。你别被何大人忽悠了，他光让你给他跑腿，帮他做坏人，可是给你好处了吗？你不能给他白干活呀，这样吧，你再帮我说合说合，我额外给你五百两银子的辛苦费。"

　　"三荷包"一听，简直口水都要滴下来了，他心里这么一琢磨："嗯，这个办法倒是不错，我先去跟我哥说人家不肯出五千，只肯出三千；再回来跟这个冤大头说我哥不肯要两千，至少得要四千，这样，我从中间一倒手，少

草根文学的「逆袭」

214

说也能白赚一千两。再加上两头给我的辛苦费，啧啧啧，这笔买卖太划算了。"主意已定，"三荷包"就苦着一张脸来找何藩台了，如此这般地讲了一通，中心意思就一个：人家嫌贵不肯买了，都怪你贪心不足，这下好了吧？鸡飞蛋打！

其实，"三荷包"演了这么一通，无非就是想要诈一诈何藩台，先把他吓住，接下来才好讨价还价。可是何藩台却不是被吓大的，皱着眉头听完了，就抱怨道："你这个成事不足败事有余的家伙，这么一点小事也能被你办砸了！漫天要价，就地还钱，这不是很正常吗？怎么会我说不卖，他就罢休呢？总得来讨价还价一番才对呀？我看，该不会是你在中间捣鬼吧？"这话可就捅了马蜂窝，"三荷包"本来就心里有鬼，这下被戳中心事，立即恼羞成怒，他跳起来就要跟何藩台分家，一会儿说何藩台多占了祖产，一会儿说何藩台不照顾兄弟，总之就是无理搅三分，撒泼打滚加骂人。何藩台受此一番羞辱，也不干了，把茶碗一扔，跟弟弟打起来了。兄弟俩就在衙门的公堂里上演了一出"全武行"，你揪我的胡子，我挠你的面皮，两个道貌岸然的达官显贵，不一会儿就打得鼻青脸肿、涕泪齐飞了。

这太可笑了，对不对？堂堂一省长官，干出来的事情竟然与市侩无赖没什么差别，卖官位就像卖白菜一样，数两论斤、斤斤计较，而且非但不感到羞耻，还为自己的"聪明机智"沾沾自喜。治国的人都变成了这样，国家又怎么能好得了呢？怎么能不完蛋呢？《老残游记》开篇用了一个比喻，说，有一艘大船在海上遇到了风浪，船身残破，情况危急，可是，掌舵的人不看方向，随意乱走；水手们在船上到处乱窜，肆意扒乘客的衣服，抢乘客的干粮。大船在风浪中摇摇晃晃，船上的人光顾着窝里斗，却不知道自己迟早会与破船一起沉到海底去。这艘船比喻的是中国，船上的水手比喻的就是大清政府里尸位素餐的官员。

　　社会已经变得如此荒唐了，究竟要怎么做才能挽救它走向崩溃的命运呢？在这个时候，谴责小说的作者们并没有找到答案。要创办实业、富国强兵吗？可是上有洋人挤兑欺压，下有官吏敲诈勒索，几个爱国商人辛辛苦苦创下一点基业，转眼就破产了事。要改革吏治、道德救国吗？清政府不是没试过，可是体制的腐朽已经深入骨髓，在表皮上修修补补根本无济于事。要起来革命、建立一个新政府吗？可是革命之后又要往哪里去呢？作者们从小受纲常伦理的教育长大，也不敢梦想那么大逆不道的事情。

　　这也行不通，那也行不通，最后的最后，唯一能做的就只有关在书斋里，借着自己的一支笔发泄郁气了。其实，谴责小说的作家是一个立场非常微妙的群体，他们都是"开明的保守派",一方面对弊政丛生的清政府感到不满,另一方面又对革命党人心怀戒惧。两个阵营都瞧不上眼,所以,他们在小说里往往也只能"谴责"一通了事,先是义愤填膺,紧接着就会自暴自弃,只觉得社会一团糟、迟早要完蛋,根本没有什么出路可言。

鲁迅先生评价道:"虽命意在于匡世,似与讽刺小说同伦,而辞气浮露,笔无藏锋,甚且过甚其辞,以合时人嗜好,则其度量技术之相去亦远矣,故别谓之谴责小说。"这个批评还是很有道理的。到了谴责小说,明清小说的创作就渐渐落入了低谷,老作家们固守着旧文学的传统,不愿意接受新的思想和方法,而社会却以日新月异的速度迎来了一波又一波的变革。新文学正在孕育,明清小说的辉煌也就到了落幕的时候,一个时代就要过去了。

第十九章

鲁迅为什么要骂"鸳鸯蝴蝶派"？

——鸳鸯蝴蝶派小说

谴责小说流行起来的年代，中国社会已经像乌云笼罩的大海一样，正在孕育着使天地变色的革命风暴。1911年10月10日，愤怒的革命党人攻破了武昌政府，自此以后，短短几个月之内，全中国有十几个省宣布脱离清政府的统治独立。溥仪皇帝眼看自己回天乏术，不得不在第二年宣布退位，在中国延续了几千年的封建帝制就这样结束了。

　　其实，随着清朝的结束，我们的故事也就讲到尾声了，毕竟，连"清朝"都没有了，哪里还能有什么"明清小说"呢？不过，文学史的断代又与一般的历史不太一样，尽管社会已经发生了天翻地覆的变化，但总还有一些小说家，他们拒绝接受可怕的现实，一心想要埋在故纸堆里写符合旧审美的"正宗"小说。于是，在辛亥革命到五四运动之间，已经走到暮年的明清小说又出现了一段"回光返照"的时间，有一批受旧式教育长大的小说家延续了才子佳人小说的路子，又创造出来一个新的"才子佳人"变体。这个变体是什么呢？就是"鸳鸯蝴蝶派"小说。

　　哎呀，这个名字有点意思，我们长这么大，吃过蛋黄派、草莓派、巧克力派，还没吃过"鸳鸯蝴蝶派"呢！这个派是什么馅儿的？不知道味道如何？

　　味道还真是不大妙，又苦又咸还有点涩。为什么这么苦呢？因为"厨师"的菜谱有创意，他们总是用眼泪做馅儿，还要往里面填上各种人生痛苦当佐料，生老病死、爱别离、怨憎会、求不得，总之什么最惨就来什么。故事里的一对男女主角被折腾得死去活来，求生不得、求死不能，这个"鸳鸯蝴蝶派"的味道还能好得了吗？所以，有人就从狭邪小说《花月痕》里借了一副对联来形容"鸳鸯蝴蝶派"的故事套路，叫作"卅六鸳鸯同命鸟，一双蝴蝶可怜虫"。"鸳鸯蝴蝶派"这个名字就是这么来的。

好啦，玩笑就开到这里，我们言归正传。"鸳鸯蝴蝶派"到底是一个什么样的小说流派呢？它的作者是一群什么样的人？他们为什么会想起来要写这样的一种小说呢？

鸳鸯蝴蝶派的出现并不是一个单独的现象，其实，我们在狭邪小说和谴责小说中就可以看到一点端倪了。大家应该还记得，《海上花列传》就是在"十里洋场，花花世界"的大上海流行起来的，上海、天津、武汉这些城市都是最早开放的通商口岸，许许多多的洋人来这里建教堂、办工厂、开商店，他们带来了新的思想和文化，这就对古老的中国和大惊小怪的中国人造成了剧烈的冲击。从狭邪小说这一代人开始，中国沿海的大城市里渐渐出现了许多西洋来的"新鲜玩意儿"，比如报纸、电报、照相机等。

自从报纸出现，年轻的作家们如获至宝，他们发现，在报纸上发表小说比找书商出版小说要容易多了，而且读者更多、赚钱更快。毕竟，小到上学堂的学生，老到逛菜市场的大爷，人人都有可能顺手买一份报纸来看，可是有几个人会专门出钱去买一本小说呢？读者的数量增加了，作家的收入自然也就增加了，增加到什么程度呢？好多成功的小说家只靠写作就可以养活自己了。

这对于小说的创作来说是一个很大的变化，我们知道，古代中国一直把小说当作"不登大雅之堂"的东西，许多小说家只是把写小说当成一项兴趣爱好。如果不指望靠小说赚钱，写的时候自然也就比较自由，可以想写什么就写什么，所以，才会出现像《红楼梦》《儒林外史》《聊斋志异》那样的作品，它们往往蕴含着很深的文化意蕴，是作者一生的情性之所钟。可是，一旦成为职业作家，读者的喜好就会变得非常重要了，如果小说写出来，却没人肯捧场，小说家岂不是要去喝西北风吗？所以，读者爱看什么，作者就得写什么，写得"深得朕心"，下顿饭才能有米下锅。

鸳鸯蝴蝶派的作家就是这样一群要靠读者养活的人，所以，他们写出来的小说自然也是最能取悦读者的那一种。那么，什么样的小说最能取悦读者呢？自然是情节丰富的、故事刺激的、贴近生活的、通俗易懂的。这个问题还可以再推进一步：什么样的情节最能吸引读者呢？这就更简单了，男孩子爱看打怪升级，女孩子爱看谈情说爱，恰好这时候爆发了辛亥革命，把"革命加恋爱"的配方调出来，再加上一点末世社会特有的感伤哀怨情调，不就齐活了吗？鸳鸯蝴蝶派的小说就这么炮制出来了。

这一时期，上海涌现出了数不胜数的文学报刊，比如《礼拜六》《月月小说》《小说大观》《小说时报》等。读者们爱看，小说家们能写，双方一拍即合，于是，以这些报刊为阵地，鸳鸯蝴蝶派的创作就涌现出了一波又一波的热潮。其中，比较知名的有《玉梨魂》《雪鸿泪史》《孽冤镜》《贾玉怨》《广陵潮》等。下面，我们就以《玉梨魂》为例，看看这个用泪水做馅儿的鸳鸯蝴蝶派是怎么搭配佐料的。

《玉梨魂》的男女主角是一对相当典型的"才子佳人"：男主角何梦霞，文质彬彬，能诗善赋，多愁善感，才华出众；女主角白梨影，沉鱼落雁，闭月羞花，气质娴雅，容貌过人。按照才子佳人小说原来的配方，梦霞和梨影应该一个是赴试举子，一个是大家闺秀，两人由于一个偶然的机会，在一个幽静美丽的小花园里一见钟情，然后一个含情脉脉，一个晕生两颊，用诗词传情达意，最后交换信物，私订鸳盟。不过，时移世易嘛，新时代自然得有新配方，大清朝都已经灰飞烟灭了，再玩前人玩剩下的套路就没意思了。鸳鸯蝴蝶派的小说家适应时代需求，非常聪明地改动了原来的人物设定。

怎么改动的呢？首先，男主角不能再当赴试举子了，

草根文学的「逆袭」

科举考试1905年就废除了，都什么年代了还考科举，读者们该笑话作者脑袋有毛病了。可是，读书人肩不能扛、手不能提的，不考科举能干什么呢？选择余地并不充裕，只有华山一条道，那就是做教书先生。梦霞就这样到白梨影家里来工作了，教谁呢？教白梨影的儿子鹏郎。咦，说到这里，好像哪里不对的样子，这个情节发展看上去怎么怪怪的呢？才子这边都粉墨登场了，佳人怎么不按剧本来呢？儿子都有了还谈什么恋爱呀，再谈就该婚内出轨了，这是不道德的呀！难道作者连这么点常识都没有了吗？

作者当然不会这么愚蠢，梨影确实嫁过人，不过她的丈夫已经去世多年了，她现在寡居在家，打算独自抚养儿子成人。这下人物关系就理顺了：梦霞来做家庭教师，屋子就在梨影隔壁，两人一个吟诗作赋，一个和诗联句，兴趣相投、志同道合，很快就在相处中产生了感情。爱情萌生了，接下来该干什么了？这个大家都知道，无非就是领个结婚证，再张罗两桌酒席的事儿呗，容易得很。那么，是不是真有这么容易呢？

肯定没有。小说如果这么写，那就变成一篇流水账了，平铺直叙吸引不了读者，这样下去，小说家明年就要挨饿了。那么，梦霞和梨影的感情哪里出了问题呢？障碍是显而易见的：梨影是个寡妇，按照礼教的观念，"烈女不侍二夫"，寡妇是不能再嫁的。这下他们俩的感情就彻底没有出路了，身份的障碍就像天上的银河，把可怜的牛郎织女隔在了两岸。隔在了两岸可该怎么办呢？什么办法都没有，只能就此认命，然后以泪洗面了。《玉梨魂》就这样悠悠然地讲起了男女主角求而不得、哭天抢地的故事，梦霞和梨影天天在对方眼前晃，偏偏却不能在一起，时间长了，两个人都痛苦不堪，快要精神崩溃了。

很惨吧？真是太不人道了。可是狠心的作者还有更黑的手段：梦霞是一个非常忠诚的人，他不能娶梨影，便立誓终身不婚，绝不背叛自己的感情。可是，在礼教的观念看来，这也是绝不能允许的，有道是，"不孝有三，无后为大""男大当婚，女大当嫁"，到了年纪却不结婚，跟寡妇再嫁一样，都是不光彩的行为。梨影一听梦霞的这个主意，简直整个人都垮了，如果梦霞不结婚，她就会变成害得老何家断了香火的恶人，这个罪名太大了，她是无论如何都承受不起的。为了把离经叛道的梦霞拉回正常轨道，也为了让自己快点从这场痛苦的恋情中解脱出来，梨影索性壮士断腕，下了一剂猛药。

什么猛药呢？一招，给梦霞介绍女朋友。梨影的丈夫有个妹妹，叫作崔筠倩，小姑娘生得年轻靓丽，又上过新式学堂，是个才貌双全的佳人。恰好筠倩对梦霞有些好感，梨影便顺水推舟，促成了梦霞与筠倩的婚事。这个主意好不好呢？原本是好的。筠倩得偿所愿，梦霞也得了娇妻，两个人才貌相当、门当户对，理应从此过上幸福的生活，以前的才子佳人小说里不都是这么写的吗？唯一的牺牲品就只有梨影自己罢了，她成全了一桩美满的婚事，而自己却只能回家关起门来，安心忍受孤独凄清的生活。

故事如果真的这样结局，也还不算太惨，起码，三个人里有两个的日子过得还是不错的。然而，事情往往不会按照人们设想的那样发展，梦霞虽然娶了筠倩，却始终不能移情别恋，他一面心中痛苦，一面强颜欢笑，时间不长就把自己折腾得面无人色；而筠倩发现自己的介入使梦霞和梨影都陷入了痛苦深渊，也为此自责不已。僵局已经形成，事情就变得无法收场了，最后，筠倩和梨影都郁郁离世，而梦霞则参加了革命党人的起义，在战斗中为国捐躯。

这个故事惨不惨？简直惨绝人寰，三个主角从头哭到尾，结局还全军覆没，作者的心够狠，手也挺黑。不过，卖惨不能轻易地骗取我们的同情心，我们还得仔细看一看，这个故事惨得有道理吗？

这么一看，毛病就暴露出来了，别的不说，一个问题就够了：寡妇凭什么就不能再嫁呢？没错，礼教是说了，"烈女不侍二夫"，可是礼教也不见得就是那么森严的。早在明朝的时候，"三言二拍"和《金瓶梅》里就写过许多寡妇再嫁的故事，现在都民国了，难道不应该比那时候更自由吗？而且，纵观全书，并没有任何一个大家长跳出来阻挠男女主角的感情，恐怕，就算梨影真的嫁给梦霞，也不会导致什么灾难性的后果，最多就是街坊邻居说几句闲话而已。说白了，这出悲剧并不是社会造成的，而是主人公自己的保守和软弱造成的，他们既不能做大胆的叛逆者，又不能做规矩的"义夫节妇"，犹豫不定、进退失据，最后的结果就是害人害己，酿成大祸。

有趣的是，《玉梨魂》的作者似乎完全没有意识到这个问题，他特别理所当然地把"寡妇不能再嫁"当成了金科玉律，还耗费了大量的笔墨盛赞梦霞和梨影"发乎情，止乎礼""冰清玉洁""不越雷池一步"的相处模式。这就太可笑了，《玉梨魂》发表的时候，中国的改革运动都搞了好几轮了，经过辛亥革命的宣传，"民主""自由""平等"这些观念对中国人来说也不陌生了，可是，新时期的一对恋人竟然还恪守着陈腐过时的道德律令，而且丝毫不觉得有什么不对的地方。这难道不是可悲又可叹的吗？

从这里，我们就可以发现，鸳鸯蝴蝶派的作者们陷入了痛苦的两难处境：一方面，他们的思想开始觉醒，想要自由，想要爱情，想要光明正大地追求人生的幸福；另一方面，他们却又固守着过时的伦理道德，以炫耀"三贞九烈"和"温顺静默"为乐。进也不能，退也不能，当然就只能吊在悬崖边上，天天愁云惨雾、自怨自艾了。

平心而论，鸳鸯蝴蝶派的立场并不高明，思想也没有太多的独到之处，不过，在那个社会动荡、新旧变易的年代里，它却恰好投合了读者的心理需求。试想，大家生在乱世中，谁能没有点自伤自怜的情绪、凄凄惨惨的往事呢？而大清王朝的覆亡也使很多人一时之间难以接受，大家光知道"普天之下，莫非王土"，哪里听说过什么"君主立宪，民主共和"呢？清朝虽然亡了，遗老遗少们还在，心情不好的时候，找本鸳鸯蝴蝶派的哀情小说来翻一翻，大哭一场之后，压力就随着眼泪一起流出去了。因此，民国刚刚成立的一段时间里，鸳鸯蝴蝶派小说成了全国最显赫的小说类型，那时候的人们说起《玉梨魂》，就像我们今天说起《还珠格格》一样，没看过的人也许有，没听说过的人却是找也找不出来的。

　　不过，有跟风的，就有跟流行风潮唱反调的，人人都看《玉梨魂》，有一个人却偏偏反其道而行之。他是这么说的：

　　我看了几年杂志和报章，渐渐的造成一种古怪的积习了。

　　这是什么呢？就是看文章先看署名。对于这署名，并非积极的专寻大人先生，而却在消极的这一方面。

　　一，自称"铁血""侠魂""古狂""怪侠""亚雄"之类的不看。

二，自称"鲽栖""鸳精""芳侬""花怜""秋瘦""春愁"之类的又不看。

三，自命为"一分子"，自谦为"小百姓"，自鄙为"一笑"之类的又不看。

四，自号为"愤世生""厌世主人""救世居士"之类的又不看。

这里面，自称"鲽栖""鸳精""芳侬""花怜""秋瘦""春愁"的一类，说的就是鸳鸯蝴蝶派。为什么不看呢？原因也说了，因为他嫌弃这些小说无病呻吟、矫揉造作。

什么"……梦""……魂""……痕""……影""……泪"，什么"外史""趣史""秽史""秘史"，什么"黑幕""现形"，什么"淌牌""吊膀""拆白"，什么"噫嘻卿卿我我""呜呼燕燕莺莺""吁嗟风风雨雨""耐阿是勒浪觅面孔哉！"

这个特立独行的人是谁呢？这么毒舌的也没谁了，是鲁迅。鲁迅"反鸳蝴"是相当持之以恒的，他不仅专门写文章分析鸳鸯蝴蝶派的弊病，还总是在别的杂文里顺带讽

草根文学的「逆袭」

刺几句，时间长了，鲁迅的"反鸳蝴"语录几乎能攒成一本小册子，里面警句迭出，招招式式都直中要害，十分毒辣。不过，鲁迅不喜欢鸳鸯蝴蝶派并不是一个个例，几乎所有新文学的作家都跟他一样，比如，李大钊、茅盾、郑振铎等人都批评鸳鸯蝴蝶派"柔靡艳丽"，乃是"眼泪鼻涕小说"。

新文学作家与鸳鸯蝴蝶派的论争是文学史上的一个大事件，从这里开始，明清小说的历史就彻底画上了一个句号。五四运动以后，新一代的作家们开始从西方的文学创作中汲取养料，小说的主题、结构、情节、手法都发生了天翻地覆的变化。因为新文学主张"文学要关心现实，教育民众"，纯粹为了消遣娱乐的鸳鸯蝴蝶派小说就受到了贬斥。不过，到了今天，随着通俗文学的再一次复兴，鸳鸯蝴蝶派小说又成了"言情小说之祖"，受到了人们的喜爱和肯定。

什么样的文学作品是好的文学作品呢？也许，每一个时代的回答都是不同的。我们的故事讲到这里就要落幕了，这个问题就留给了聪明的你。一个新奇有趣的世界正等待着你的探索，在不断的体验和思考中，你将会收获许许多多的知识和乐趣。那么，不如现在就出发吧！书海无尽，也愿你乐趣无穷！